U0486965

耿瑛中国民间故事集

耿瑛／著

北方联合出版传媒（集团）股份有限公司
春风文艺出版社
·沈阳·

图书在版编目（CIP）数据

耿瑛中国民间故事集/耿瑛著.—沈阳：春风文艺出版社，2019.11（2021.1重印）
ISBN 978-7-5313-5709-4

Ⅰ.①耿… Ⅱ.①耿… Ⅲ.①民间故事—作品集—中国 Ⅳ.①I277.3

中国版本图书馆CIP数据核字(2019)第243900号

北方联合出版传媒（集团）股份有限公司
春风文艺出版社出版发行
http://www.chunfengwenyi.com
沈阳市和平区十一纬路25号　邮编：110003
永清县晔盛亚胶印有限公司印刷

责任编辑：姚宏越	责任校对：于文慧
封面设计：冯少玲	幅面尺寸：170mm×240mm
字　　数：202千字	印　　张：10
版　　次：2019年11月第1版	印　　次：2021年1月第2次
书　　号：ISBN 978-7-5313-5709-4	
定　　价：40.00元	

版权专有　侵权必究　举报电话：024-23284391
如有质量问题，请拨打电话：024-23284384

序

耿　柳

每个孩子，都是听着各种各样的故事长大的，《小兔子乖乖》《安徒生童话》《一千零一夜》等。古今中外，不分朝代不分国界，故事渗透在人们生活的每个角落。

我听的第一个故事就是《老虎妈子》。识字以后，我常常看的故事集有《满族三老人故事集》《阿凡提的传说》《人参娃娃》等。我对一个类型的故事印象最深，那就是勤劳的农村穷小伙，娶不上媳妇儿，捡来一张年画，贴在墙上，年画上有个美貌女子，小伙子每天晚上就和画中人自言自语。白天穷小伙下地干活，画中女子竟然下落人间，给他烧火做饭。小伙子收工之前，女子又回到画中。小伙子每天回家就有热乎的可口的饭菜，心中疑惑不解。于是下地干活的中途回家查看，发现给自己做饭的女子，就是自己每天晚上看着的画中人。于是，穷小伙抱住女子，求她不要再回画中，并且一把火把画烧了，让女子再也回不去。女子只好半推半就，和穷小伙过起了小日子。一般最后还有一句：一年之后，生了一个大胖小子。

这类故事，应该是源于旧社会农村生活的困苦，人们只有通过想象来表达对美好生活的向往。小时候看多了这样的故事，常常会想，我把自己放到画里，会被何人拿回家中贴到墙上呢？我又愿意给什么样的人洗衣做饭、生儿育女？这实在是少女时百思不厌的问题。

和普通人家的孩子比，我比较幸运，不仅有个会讲"瞎话儿"（东北话讲故事）的父亲，还因为他是文艺编辑，家里书架上有各种故事集，那是我童年乃至青少年时期最好的陪伴。

其实，所有的民间故事都有一个共同的特点：善良的人智慧，邪恶的人愚蠢；勤劳的人终会有好报，懒惰的人最后自食其果。当然，千百年流传的故事，也难免有一些封建迷信的内容，读这些故事，对研究产生故事的那些岁月，是有一定的历史意义的。

我在对民间故事的一听一读之间，早已经爱上了它独特的魅力。要说最"接地气"的艺术种类，有啥能和民间故事相比?！它根植民间，口头传播，不论文化程度高低，都能从中得到愉悦和启迪。

正是缘于这种喜爱，1994年我在辽宁人民广播电台时，办了一档日播的《民间故事》栏目，播出了两年，七百多个故事。话说，随便讲几个故事容易，天天讲就很难。这真要感谢父亲的家传和资料。一般人搜集几百个故事挺不容易，而我只需要在父亲的藏书里挑适合播讲的故事，这是多么方便！

现在偶尔还有人跟我说："耿姨，我是听你节目长大的。"我可以这样说，跟一些浮躁的、为了搞笑而搞笑的节目比起来，我和当年那些听众在播讲和聆听之间，或许真的收获了最质朴的真善美！

我在和朋友们聊天的时候，经常会提到一个有共识的话题，即那些说书艺人的子女都孝顺善良。究其原因，大概和从小听书有关。因为评书故事都宣扬仁义道德、称颂除暴安良、提倡尊老爱幼。所以，故事虽小，对社会的意义却大！

言归正传，说说这本《耿瑛中国民间故事集》吧。书的作者耿瑛正是我的父亲。他是个杂家，无论是当编辑的四十余年里，还是退休后的二十多年，他都笔耕不辍。除了在曲艺、出版等领域的成就之外，他对民间故事很是偏爱。他把从他爷爷、奶奶、妈妈、姑姑、叔叔们那里听来的好故事，都一一整理，发表和没发表的算起来也有百余篇了。

这次结集出版的这本民间故事集，大多数故事都是我父亲听老人讲的，也有他"上山下乡"时，听老乡和曲艺老艺人讲的。书中的故事，大致分两类：一是民间传说，包括神仙传说、古代名人传说、古典文学名著传说等等。二是民间故事，包括兄弟俩的故事、夫妻俩的故事、母子俩的故事及破除迷信的故事等等。

父亲希望此书能够把优秀的民间传说和故事保留下来，流传下去。孩子们可以看，家长们也可以讲。在这些故事的熏陶中，孩子从小知书达礼，树立良好的人生观，越是浅显的故事，越能轻而易举地触动人的灵魂。一个孩子的成长、智慧、道德规范，这事往小了说，是一个家庭的责任，往大了说，承载着一个民族的兴衰。

当然，本书收入的故事除了曾经在刊物上发表过的作品之外，还有很多是第一次变成铅字。这些故事年代久远，由一个八十多岁的老人追忆起来，肯定不如他中年时期记录下来的故事那么完美，但是一种抢救。

　　为了使本书丰满一些，我还力邀了著名连环画画家张书庆手绘了部分插图。张书庆是个很有个性的画者，和我父亲也很有缘分，以前父亲给某些杂志撰写故事时，杂志社特邀的插图作者就是张书庆老师。所以两位老人虽然一直未曾谋面，但是早已经合作多次。张老师花甲之年后已经停笔，这次为父亲耿瑛再拿画笔，虽然所画不多，却给此书增添了别样的色彩。

目 录

上辑　民间传说

玉皇大帝与七个女儿 …………………………………… 003
十八罗汉和寿星老儿 …………………………………… 004
杨二郎担山赶太阳 ……………………………………… 006
白猿偷桃献天书 ………………………………………… 007
孙膑成仙 ………………………………………………… 009
铁拐李留画 ……………………………………………… 010
狗咬吕洞宾 ……………………………………………… 012
杜康造酒刘伶醉 ………………………………………… 015
韩湘子度林英 …………………………………………… 016
土地老的故事 …………………………………………… 019
牛郎织女天河配 ………………………………………… 028
大葫芦出个孟姜女 ……………………………………… 031
梁山伯为啥有些呆气 …………………………………… 032
观音断指变白蛇 ………………………………………… 033

秃尾巴老李 ……………………………………………… 035

巴　掌　参 ……………………………………………… 036

《封神榜》人物的传说（三则）………………………… 038

《西汉演义》人物的传说（四则）……………………… 042

《三国》人物的传说（三则）…………………………… 045

《西游记》外传 ………………………………………… 051

唐代人物的传说（二则）………………………………… 054

赵匡胤的传说（二则）…………………………………… 057

《三侠五义》人名的由来 ……………………………… 060

包公的传说（三则）……………………………………… 061

杨家将的传说（四则）…………………………………… 065

《水浒传》人物的传说（二则）………………………… 070

朱元璋的传说（三则）…………………………………… 072

清代的传说（六则）……………………………………… 075

俗语的传说（三则）……………………………………… 080

二人转的传说（二则）…………………………………… 085

曲艺艺人祖师爷的传说（四则）………………………… 087

手艺人祖师爷的传说（三则）…………………………… 091

地方的传说（四则）……………………………………… 094

下辑　民间故事

谎张三（系列故事）……………………………………… 101

老虎妈子 ………………………………………………… 108

王小打柴 ………………………………………………… 110

九　头　鸟 ……………………………………………… 113

哥儿俩的故事（三则）…………………………………… 115

王五寻妻 ………………………………………………… 119

纸　媳　妇 ……………………………………………… 122

白 三 姑	124
蛤蟆儿子	127
真假李荣	130
一头牛变一瓶油	134
鱼 神 庙	136
佛在家中坐	137
兄弟刨宝	139
接 穷 神	140
小鞋匠招亲	141
白菜蝈蝈	143
我 是 瓮	144
后 记	146

上辑　民间传说

玉皇大帝与七个女儿

当年姜太公封神时，各路神仙都有，唯独没封过玉皇。东方天庭，群龙无首。众仙请来西方佛祖相助。寻找一人，上天去当玉皇大帝。佛祖如来访遍天下，要找一个善良之人，最后找到一位张老员外。此人一生行善，修桥补路，带领乡民修堤抗洪，打井抗旱，每逢灾年，开仓放粮，接济穷人。大家都叫他张善人。如来劝他上天去当玉皇，可是他世代为农，舍不得美好家园，也舍不得老妻王氏与七个女儿。最后佛祖允许他全家升天。命观音大士在他家院墙四周，洒了一圈甘露，吹上一口法气，连房子带大院，满院鸡鸭鹅狗都一起升到天堂。因此，有"一人成仙，鸡犬升天"之说。张善人从此当了玉皇大帝，人称张玉皇，他的老妻姓王，人称王母娘娘。七个女儿，成了天上的七位仙女。可是七位仙女都没结婚，她们羡慕人间男女成双配对，个个都有思凡之心。后来大女儿红罗公主嫁给了托塔李天王，生下了金吒、木吒、哪吒三个儿子。二女儿青罗公主嫁给了东海龙王敖广，所生龙女许配给书生张羽。三女儿黄罗公主嫁给了书生杨天佑，生下二子，有杨二郎劈山救母的故事。四女儿嫁给贫郎崔文瑞，有张四姐临凡的故事。五女儿是织女星，下凡嫁给了牛郎，生下一双儿女，有牛郎织女的故事。六女儿牡丹仙子下凡，误披夜叉皮托生了丑女钟离春，嫁给了齐宣王，人称无盐娘娘。七女儿嫁给了孝子董永，百日之后被召回天宫，生下一子送回人间，这就是"麒麟送子"的故事。

十八罗汉和寿星老儿

在早，有个张善人，老两口，七个女儿，一年到头净做好事。有一天，十八个响马来抢他家，张善人直喊："观音大士快来救命！"观音大士急忙赶到，对十八响马说："你们只要放下屠刀，就可立地成佛，何必在人间当响马。"说完，一吹法气，当院出现一口大油锅，锅下架着火，眼看油要烧开了。十八响马都是不怕死的好汉，一个接着一个地跳进去。张善人的老院公也想成仙，他头皮刚一沾滚开的油，就回来了，烫起个大包。从此十八响马变成了天上的十八罗汉。那老头儿，只有脑门一块肉成了仙，身子还是凡人，只能算是地仙，上不了天，观音就叫他给人家看守风门。所以，过去门板上的门神爷是秦琼、尉迟敬德——那是保唐王后宫留下来的；这风门的门神爷，就是大脑袋的寿星老儿。

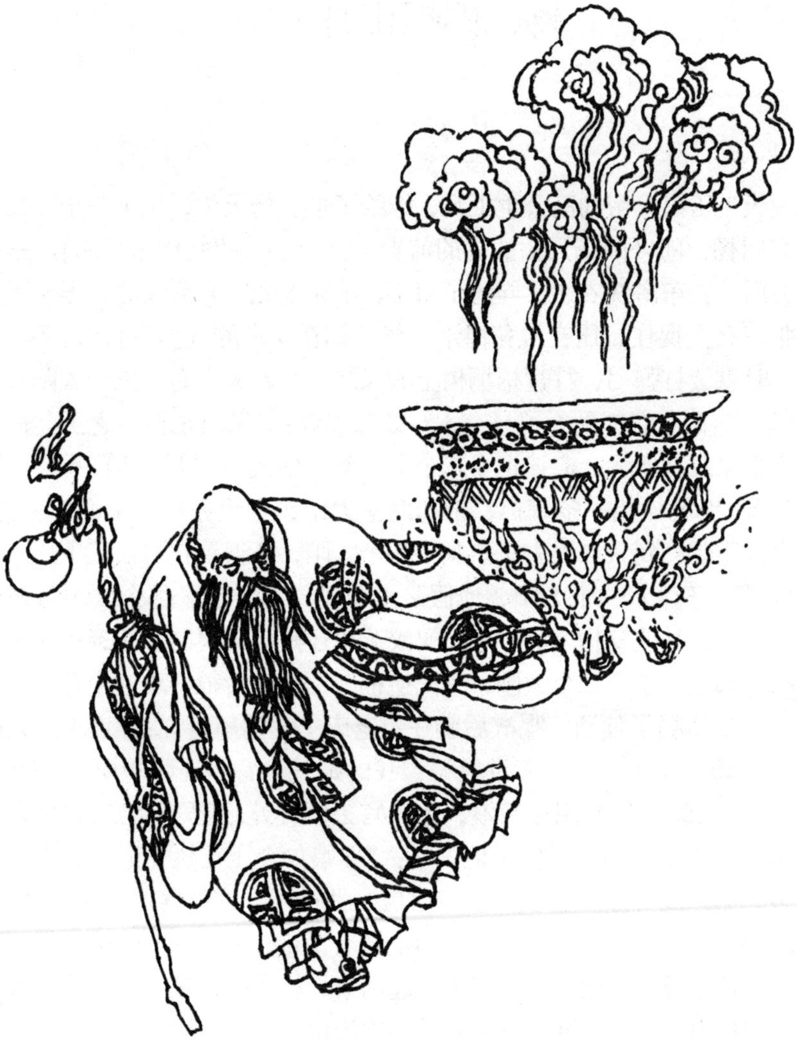

杨二郎担山赶太阳

传说天上玉皇大帝的三公主下凡，嫁给了书生杨天佑，生下一子，长了三只眼，取名叫杨二郎（因杨天佑故去的前妻生过一子，故此称为二郎）。三公主在儿子满月后，去东海洗衣裳，弄污了海水，被东海龙王告到天庭，玉皇大帝派天兵天将把三公主捉住，压在桃花岗下。杨二郎在父亲的抚养下长大，学习武艺，他十二岁时就会打弹弓，打过梧桐树上的凤凰。当时天上有十三个太阳，轮流出来，天气太热，人们都受不了。有人对杨二郎说："凤凰是百鸟之王，你不能打凤凰，你如果真有本领，应该把十二个太阳都赶到大海里去，人间有一个太阳就行了。"杨二郎就抄起一条扁担，担起两座大山，上天去赶太阳，他一连几天，把十二个太阳都赶到大海里去了。剩下那个太阳，吓得藏在蚂蚁菜下边，杨二郎知道蚂蚁菜下还藏着一个太阳，他假装没看见，就走了。那个太阳后来为了报恩，旱天太热，其他植物全晒干了，蚂蚁菜也还是水灵灵的，永远也晒不干、晒不死。杨二郎赶走了十二个太阳，为民造福，玉皇大帝很喜欢这个孙子，把他招上天堂。杨二郎喝了仙酒，喝醉后躺在不老床上，嘴里直说："世上之人都有父母，可是我杨二郎为什么有爹没娘呢？我的娘是谁？她在哪里呀？"玉皇一听，对他说："杨二郎，你要想见亲娘，上后宫去问你姥娘吧。"杨二郎见到王母娘娘，王母娘娘才把他的身世告诉他，说："你娘如今压在桃花岗岩石之下，你想见你亲娘，必须到斗牛宫去找太上老君借一把神斧，才能劈山救母。"杨二郎到太上老君那里，借来了一把神斧。又由土地老指路，杨二郎来到桃花岗，用神斧劈开岩石，这才见到亲娘。母子二人一起回家，杨天佑全家三口这才团圆。这就是"杨二郎担山赶太阳"和"劈山救母"的传说。

（附注：神话戏《宝莲灯》是后来文人根据杨二郎劈山救母的传说编写的。戏中的杨二郎变成了反面人物，他妹妹三圣母嫁给了书生刘彦昌，生下一子沉香，杨二郎把妹妹压在华山之下。后来沉香长大，得到神斧，力劈华山，救出母亲。这个故事是外甥打灯笼——照舅（旧）。沉香救母的故事正是杨二郎救母故事的翻版。后者有戏文、曲艺及电视剧，此戏比杨二郎劈山救母的故事影响还大。）

白猿偷桃献天书

战国时期，云蒙山王禅老祖收下两个门徒，一个是燕国人孙膑，一个是魏国人庞涓。王禅老祖命二人中的一个看守前山的山门，一个看守后山的桃园。庞涓想：前山山门人来人往热闹，后山很少有人去，一人看守桃园太孤单，就要求看守前山。孙膑去看守后山桃园，尽心尽力。春天看满山桃花，夏天看桃树结果，秋天看满院鲜桃，心里非常高兴。一天夜里，只见一道白光，飞进桃园。他悄悄走到近前一看，原来是一只满身白毛的小白猿。只见它爬上桃树，摘下了三个大桃，抱在怀里，跳下树，刚要逃走。孙膑大喝一声："何处畜生，敢来偷桃，还不赶快站住！"那只小白猿一听，马上双腿跪下，放下鲜桃，两手合起，不住作揖，口中说道："孙大仙，我是远处金祖山马莲洞的白猿。只因今日老母有病，说要吃鲜桃，今夜前来偷桃，是为孝母，请大仙念我初犯，放了我吧。我不回去，谁来侍奉我有病的老母！"孙膑一听，知道这个小白猿是个孝子，就送给它三只鲜桃，放它走了。小白猿连声道谢，飞身跑去。第二天晚上这只小白猿又来到桃园，说："孙大仙，我母亲感念你赠桃之恩，让我今天来，把三卷天书送给您，算作回报。"从此以后孙膑白天看桃园，夜晚读天书，学会了许多仙术和兵法。

那庞涓不愿在山上受苦，一心想早日当官。他学艺不到三年，就下山回到魏国，在魏惠王面前，自吹自擂，说他是王禅老祖的门徒，学会了兵书战策，回来报国。魏惠王大喜，招他为东床驸马。半年之后，这驸马庞涓，一心想得到三卷天书，就回云蒙山来请师兄孙膑，劝他也到魏国，说："咱们兄弟二人可以同保魏国，共享荣华富贵。"孙膑随庞涓来到魏国，就住在驸马府中。魏惠王几次召见孙膑。经过交谈，知道孙膑论学问才华远在驸马庞涓之上，魏惠王要封他在朝为官。庞涓说："等有机会，我师兄能为国立功，再封官不迟，以免有人认为他是驸马的师兄就当大官，心中不服。"魏惠王一听驸马说得在理，就仍让孙膑住在驸马府中，等待良机。庞涓天天好酒好菜招待孙膑，有一天庞涓说要借三卷天书看看，孙膑说："三卷天书，已被师父收去。不过我已经读过三遍了，不说是倒背如流，全书的内容也全记在心里了。"过了几天，庞涓设了一计，他假造了一封燕国驸马孙操给儿子孙膑来的书信。信中说：魏王宠信小人，不能重用贤士，劝孙膑早日离开魏国，回到燕国故土。魏惠王一见此信，心中大怒，要杀孙膑，庞涓又假装好人，劝魏惠王饶他命。死罪饶过，活罪难免，可将他处以膑刑（割去膝盖骨），成为废人，让他想走也走不成。魏惠王就下旨，把孙膑处以膑刑，变成了瘸子。庞涓命人把孙膑抬回府中，为他治伤。伤好后，还给他做了一副拐杖。庞涓说："我本想请师兄下山，为魏国效力。不料你如今已成废人，虽然有满腹才华，不能再建业立功。希望你把那三卷天书背记下来，我学后用上，也算咱兄弟能共同报国。"孙膑当场答应下来，从此后他就天天在书房背记天书，转眼之间，已经记下了半卷天书。这天有个仆人前来送饭，说："孙先生，你别记了。我听驸马跟主公说，等你写完三卷天书，他就要安个罪名将你杀死。孙先生您晚写完一天，就能多活一天。"仆人说完走后，孙膑这才知道师弟庞涓是个势利小人，自己有杀头之祸，他突然想起下山之前，他师父给他的一个银盒，叫他有难之日再开盒查看。孙膑找出银盒，打开一看，内有一个黄布条，上写"要想活，装病魔"六个大字，他连看三遍，心中明白，先把黄布条烧了，又把写好的半卷天书都撕个粉碎，再把一身衣服也都扯破了，大喊大叫："我要上天！我要入地！"有人看见，报告了驸马庞涓说："孙先生疯了。"庞涓来到书房一看，只见孙膑说："打鬼！打鬼！"庞涓半信半疑，命人端来盘狗屎，说是点心给孙膑吃。孙膑吃了三条狗屎，连说："好吃，好吃。"庞涓认为孙膑是真疯了，就把他赶出了驸马府。从此后，孙膑流落街头，疯疯癫癫，像个要饭花子。一天夜里，他被齐人救走，坐车来到了齐国，齐王知道孙膑是大才，就封他为军师。不久，王禅老祖下山，给弟子孙膑送来一头神牛，两只铁拐。孙膑骑牛使拐，指挥三军，训练好一支兵马，奉旨伐魏，打败了魏兵，在马陵道一战杀死了仇人庞涓，得胜还朝，被齐王封为东平郡王。

孙膑成仙

孙膑是战国时期的军事家，齐国人，孙武的后代，著有《孙膑兵法》一书。

传说中，孙武死后，再次托生。他看谁家也不如孙家好，就托生孙家，因此有"父投子胎"之说。

在小说、曲艺中，孙膑变成了一个半仙人物，传统评鼓书六部《春秋》的后四部书中，都有孙膑这个传奇人物。《英烈春秋》中，他是燕国驸马孙操和燕丹公主的第三个儿子（长兄叫孙龙，次兄叫孙虎），因为他生在燕国，故此自称为"燕人孙膑"。《银盒春秋》中他与庞涓都是云蒙山上的"鬼谷子"王禅的弟子。孙膑看守桃园，有个白猿为了孝母，前来偷桃，孙膑念它孝心，送给它几只仙桃，白猿回送他三卷天书，孙膑不小心，天书落地，因脚踏天书，犯了天条，后来才有膑刑之苦。孙膑被魏国大将庞涓陷害，成了瘸子，他靠装疯得以活命，逃到齐国，后来助齐伐魏，在马陵道打死了奸人庞涓，被齐王封为东平郡王。

《走马春秋》中，齐王无道，宠信邹妃，要害太子孤存，孙膑施法救走太子，自己也骑着神牛离开了齐国。《锋剑春秋》中，秦始皇派大将王翦扫平六国，打死了燕国驸马孙操及其龙、虎二子；孙膑为了替父兄报仇，二次出山，保燕抗秦，双方都请来各路神仙相助，因此，此书又叫《万仙阵》。孙膑几次被困，死里逃生，最后秦灭六国，平定天下。孙膑死后升天，被玉皇大帝封为巡天特使，传说中孙膑成了"上八仙"中的一个神仙。

铁拐李留画

有一年赶庙会，庙门前人山人海，卖啥的都有。这边喊："甜脆麻花！"那边喊："大个扳不倒！"突然，从那边来了个要饭的瘸老头儿，有五十多岁，后腰绑着个葫芦，看样子是有病，走路很吃力。就听他说："我太累了，在哪歇一会儿才好。"说着，他就顺道边躺下了。可是，几次他都被人撵走，再躺又被人撵走。一个卖窗户纸的人看他可怜，就说："老哥哥，你就在我这纸上躺一会儿吧！"那个瘸老头儿也不客气，倒头就躺在一大摞纸上了。转眼之间，一个时辰过去了，卖纸的已把其他纸全卖光了，想卖瘸老头儿身下压的这些纸，一看他睡得正香也没好意思叫醒他。又等了一个时辰，老头儿醒了，打了个哈欠："这一觉好睡，谢谢大兄弟。"起身就走了。卖纸的再看那窗户纸上叫老头儿压了一层土，拿手一挥，怪了，纸上有个人形，细一看，正是方才那个后腰绑个葫芦的瘸老头儿。卖纸的心中一亮："这不是八仙过海那个铁拐李吗?!"大伙一听都围过来看，不少人都想买这张画，卖纸的说："我留个纪念，不卖。"有人嚷着要出大价钱买，这个给三两，那个给五两，最后有人给到十两，卖纸的才决定出手，谁知，他揭开一张，底下还是那张铁拐李，一张张揭开，张张都是画，像一个模子刻出来的。每张卖十两银子，不到半天，一摞好几百张就都叫香客们抢光了。最后剩下一张，他自己收起来。以后，这个人就开个画店，专印八仙人物卖。

（此稿原载1982年《民间文学》，全国有多种版本的《八仙传说》，都收入了这个故事。）

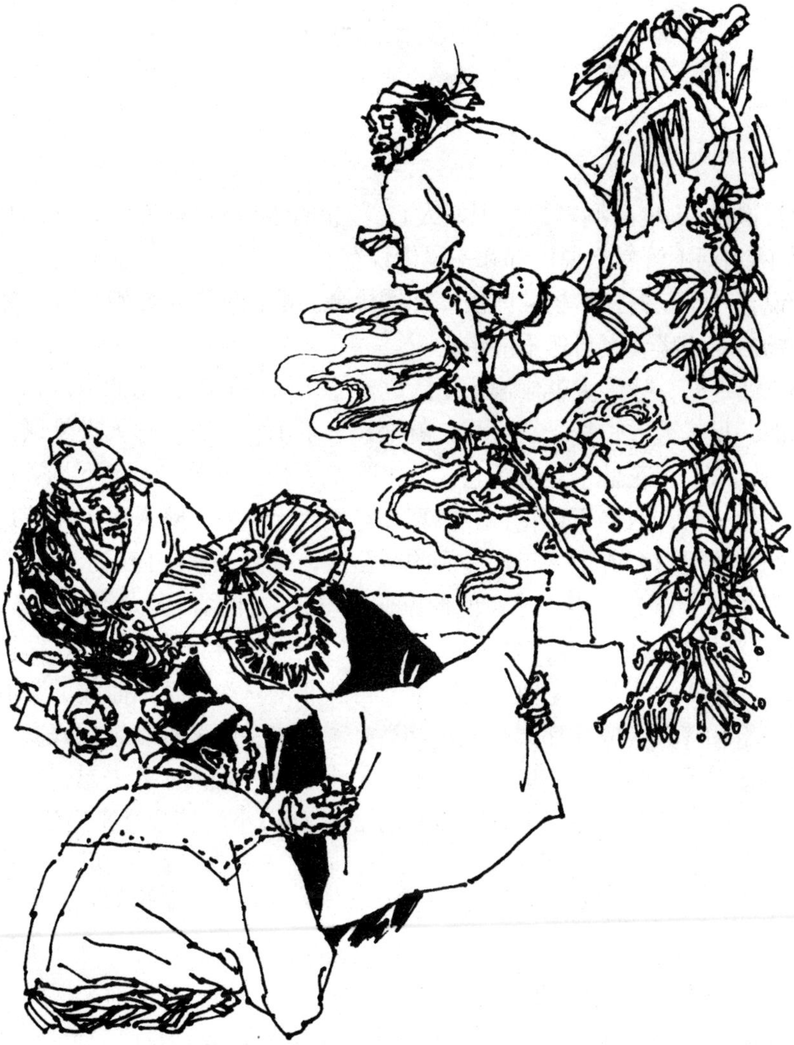

狗咬吕洞宾

常言说："狗咬吕洞宾，不识好人心。"也有人说："狗咬吕洞宾，不认得活神仙。"两句话不管怎么说，都和一段传说有关。

传说有一年三月三，杨二郎去参加蟠桃会。群仙给王母娘娘拜寿，都不许带兵器，杨二郎的哮天犬自然不能带去。

杨二郎走后，哮天犬就偷偷下了天庭。原来天上有个百花仙子，有一天遇见了杨二郎，见哮天犬长得光滑可爱，就抱起来亲了它一下。哮天犬是只公狗，它自作多情，以为百花仙子爱上了它。后来听说百花仙子触犯天条下凡了，在河北王家庄托生一女，取名王百花，算一算今年正好十八岁。哮天犬下凡就是奔王百花而来的。这天它变成了一年轻潇洒的阔公子，来到王家庄登门求亲。王员外一看，此人相貌堂堂，一表人才，问他家住哪里，叫什么，多大年龄。哮天犬说："小生家住河南杨家庄，姓肖名天全，今年二十一岁，自幼弃文习武。"说完还当场练了一套拳脚。王员外见他口齿伶俐，自然非常喜欢，就招他做了女婿。

王小姐和哮天犬成亲那天，王员外举办了盛宴，请来许多亲朋好友。哮天犬高兴，便多喝了点酒，半夜里现了原形。王小姐见一表人才的夫君，突然变成一条大黑狗，吓得昏死过去，哮天犬见露了馅，便待小姐苏醒过来后说："我本是天上的哮天犬，你原来是天上的百花仙子，咱二人该有一段婚姻缘。"那王小姐见事已至此，只能是嫁鸡随鸡，嫁狗随狗了。后来有一个丫鬟看见姑爷原来是一条黑狗，便报告了王员外。王员外一听自己的女婿是黑狗精，而且还迷住了小姐，着实吃惊不小，他立即派家人王忠、王实去请高僧、高道前来捉妖。

王忠听说济公活佛如今在广济寺，便来到广济寺请济公捉拿狗精。济公就叫徒弟悟禅去了，并对悟禅说："我已算出这黑狗精乃是杨二郎的哮天犬，你千万不可伤它性命，免得得罪二郎神。你戴上我的僧帽，捉住哮天犬，劝它早回天庭就行了。"悟禅答应着，戴上师父的僧帽，跟着王忠来到王家庄。

王员外见请来了济公活佛的高徒，心中高兴。悟禅急于捉住狗精，忙问道："王员外，那狗精还在府中吗？"王员外说："自从丫鬟发现它是一条大黑狗，它就走了，不知住在哪里。可是逢五逢十晚上必来。都是三更天进小姐绣楼，五更天就走。今天正好是八月十五，狗精三更必来。不知小师父如何拿妖，可要高搭法台吗？"悟禅说："什么也不要。请将小姐请出堂前。贫僧看看小姐，自有办法。"王员外命丫鬟请出小姐，悟禅忙对王员外说："今夜请小姐暂时搬到别处，我住在小姐绣楼中，定能捉住妖怪。"

一切安排好了。悟禅用过斋饭，进了小姐绣楼，关上房门。三更天，那狗精果真来了。进门一看，没点灯，它把灯点着，只见小姐正蒙头大睡。就说："娘子，我来陪你。"说罢一掀红绣被，见不是王小姐，是个小和尚。大怒道："你是哪里来的狂僧？竟敢冒充小姐戏耍与我？"悟禅翻身跳起来说："你是哮天犬，不守天规，私下凡间，调戏民女。我乃济公的弟子悟禅，奉师父之命，今特来拿你！"狗精一听是济公的徒弟，吓了一跳，转身就跑，悟禅抬脚就追出来，出了王家大院，狗精在前边拼命跑，悟禅急忙祭起师父的僧帽，只见僧帽在空中见风就长，好像一只小船，扣了下来，把狗精扣在地上，狗精在里面汪汪直叫。

这时候，正赶上王实把吕洞宾请来了。吕洞宾一见大僧帽扣住了狗精，心想：可别叫和尚伤了哮天犬，我与杨二郎都是道家弟子，看在同门分上，得去救它一命。想到这里，就几步走过去，伸手掀开僧帽，哮天犬不知道是吕洞宾要救它，还以为是悟禅要杀它呢，上去就一口，把吕洞宾的右脚给咬伤了，连头也不回，跑上天了。悟禅过来，拜见了吕洞宾后，忙拿出丹药给吕洞宾治腿伤，又开玩笑道："今天这真是狗咬吕洞宾，不识好人心哪。"说完悟禅扶着吕洞宾到广济寺养伤。见到济公，济公说："吕仙师，你知道你为啥要挨狗咬一口吗？"吕洞宾说："请大师指教。"济公说道："你前世是个淘气的孩子，有一天，你拿石头打伤了一条小狗腿，这叫前世作恶今世报啊！"吕洞宾说："你说我前世用石头打伤过小狗腿，今世就叫狗咬伤腿。可是你天天吃狗肉，可小心来世狗吃你呀！"说罢哈哈大笑。

（原载1994年第85期《故事报》。）

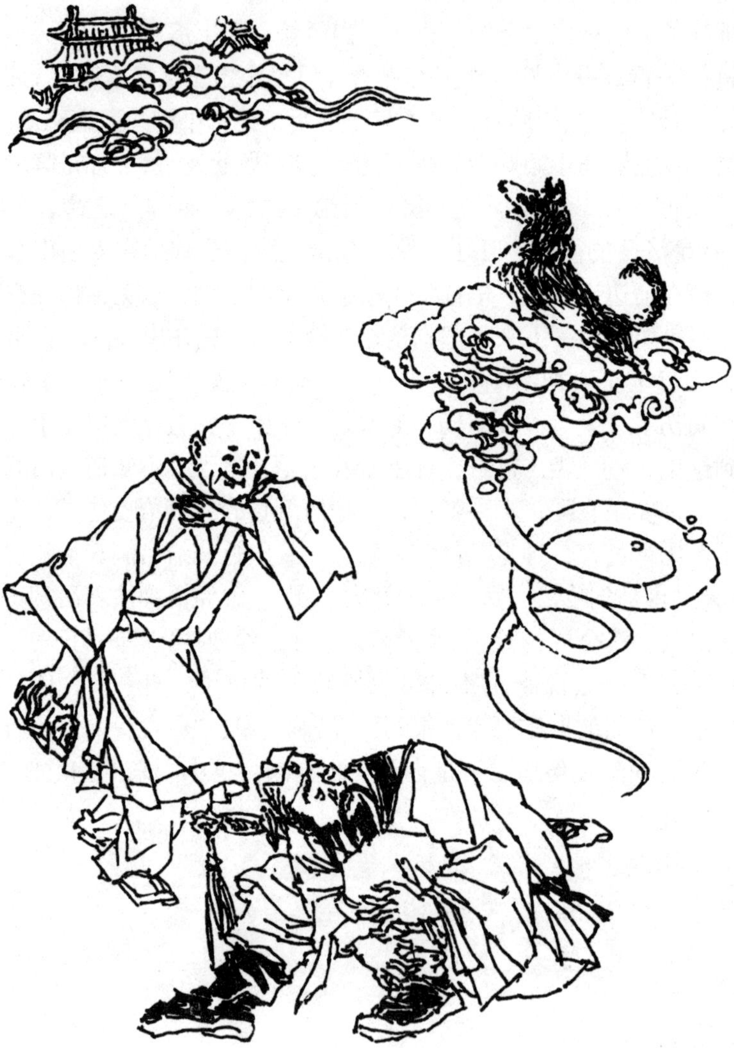

杜康造酒刘伶醉

杜康是造酒的祖师爷，有人说杜康就是少康，少康姓姒，名少康，他是夏朝的君主。他的祖父名叫仲康，父王名叫相。父亲为王时，有叛臣寒浞起兵造反，攻入京城，杀死了夏王。小少康随母亲逃出，他长大成人后，带兵打败寒浞，恢复了大夏江山，史称"少康中兴"。他是一位明君。中国在夏朝时已会造酒，少康也学会了造酒工艺，传说他死后升天，被玉皇大帝封为造酒之神。每年三月三，王母娘娘的蟠桃会上，神仙们喝的仙酒，就是他造出来的。

到三国时，少康下凡，托生在魏国的老杜家，他改姓没改名，就叫杜康，他长大后造出的酒，人称杜康酒，名满天下。曹操在《短歌行》中说："何以解忧，唯有杜康。"可见"杜康"二字已成为酒的代名词。后来魏、蜀、吴三分归一统，司马家称帝改为晋朝，此时杜康还健在。晋朝的名士中有"竹林七贤"，这七人经常在竹林中饮酒吟诗，其中有一位刘伶酒量最大。他听说杜康开的酒店，是后院造酒前店卖酒，名声很大。这天刘伶就来到杜康的酒店，杜康劝他少喝一点，刘伶不听，一连就喝了三大碗酒，晃晃荡荡回到家中，一头躺在床上，昏迷不醒。好几天也没醒过来，他夫人以为刘伶是醉死了，想为他准备后事。这时候杜康来了，对刘伶的夫人说："嫂夫人，你别着急，也别害怕，刘伶兄没有死，他喝酒那天是九月九，等三年后的九月九，他一定会醒过来的。"刘夫人半信半疑，就在丈夫的床边守了三年，果真到了九月九这天，刘伶突然坐起来，大喊："好酒！好酒！"此事传开，人们就留下两句话："杜康造酒刘伶醉，一醉三年才起来。"后来杜康与刘伶结为好友，也常在一起饮酒，不过刘伶每次只喝一碗酒，他再也不敢连喝三大碗了。又过了几十年，杜康、刘伶都死后升天，他们兄弟二人都被玉皇大帝封为"下八仙"中的神仙。

韩湘子度林英

　　八仙之一的韩湘子，是唐朝大文学家韩愈的侄儿。他从小上学念书，过目不忘，可是他不愿求取功名，却一心想修道成仙。二十岁那年，父母包办，给他娶个媳妇名叫林英，还带来一个丫鬟小秋白。韩湘子成亲三天，就离家而走，上终南山拜吕洞宾为师学道去了。一去三年，音信皆无，林英成天愁眉不展，闷闷不乐。这一天主仆二人到后花园散心，焚香祝告，盼望丈夫早日归来，夫妻团聚。忽听墙外传来一阵渔鼓之声。林英命丫鬟秋白，出去看看是不是韩公子回来了。秋白开后门一看，是一个五十多岁的穷老道，穿了一件破道袍，补丁摞补丁。细看脸上口㖞眼斜，五官不正。秋白问："老道士，你都会什么呀？"

　　老道说："我会念经作法，掐指算卦，还会唱道情，古彩戏法。"

　　秋白一听，心想：他会唱道情，变戏法，何不把他带进花园，让他表演几个小节目，也好让大姑（林英）开心。她回来跟林英一说，林英说："好吧，就请那位老道士进来。"

　　秋白二次出门，把老道士带进了花园。老道士上前拜见了施主，坐在一旁石凳之上。林英说："老道士，实不相瞒，我有位亲人出走，三年未归，请你给算算，他何时归来？"老道士让林英报上生辰八字，是某年某月某时生人，然后掐指一算，抱起渔鼓唱道：

　　　　小姐上坐听我言，你家原先住河南。
　　　　十八岁嫁给韩湘子，相貌堂堂美少年。
　　　　成亲三天离家走，夫妻分别盼团圆。
　　　　你丈夫已经得了道，如今他住终南山。
　　　　你若想夫妻重相会，除非跟他去修仙。

　　林英一听，丈夫不能回来，更犯愁了。丫鬟秋白说："大姑，这老道会变戏法，让他变一个戏法给咱们看看吧。"

林英说:"那就变吧。"老道拿过一只花篮,问道:"施主,你想叫我变个什么?"

林英说:"你就变个终南山我看看吧。"

老道一听,口里念念有词,又取过一碗清水,喝了半口,喷了出去,说一声:"变!"再一看小花篮变得越来越大,最后一看,好像比这大花园还大,里边有山有水,山上有庙,水里有船。老道一个箭步跳上小船,高喊:"施主快跟我上船来!"林英想上去,被秋白一手拉住,说:"大姑,这是戏法,你别当真。"再一看,小船已经走远了,那老道站在船头念道:"贤妻林英听明白,我是湘子回家来。今天秋白不拦你,早就跟我上天台。"这就是韩湘子度林英的故事,他一连度他媳妇三次,林英才跟他修仙得道去了。

(参照二人转《小天台》整理。)

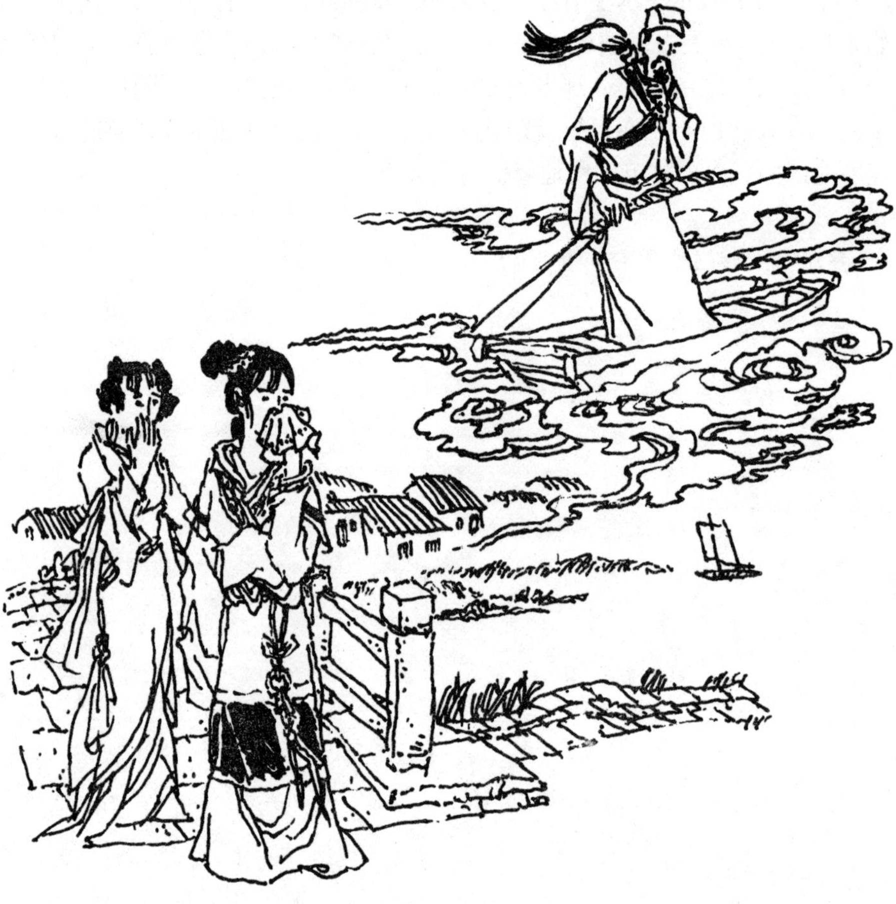

土地老的故事

残唐五代,天下大乱,民不聊生。山东百草山上出了一个旱魔,十分凶恶。她本是千年雌龟所变,自称旱魔女皇,手下有胡、黄、豆、艾、柳、绿、白、灰八大妖怪,近日又得了一件宝物,能吸尽九江八河之水,使土地干裂,千里荒芜。一天,土地老见到百兽之王老虎和百鸟之王凤凰说:"虎王,凤王,你们看如今旱魔作祟,地裂河干,这可如何是好哇?"

老虎说:"我也正为此事着急。"

凤凰说:"你们不用着急,我飞上天宫,去见玉皇大帝,请他发天兵下界来捉拿旱魔!"

土地老说:"好!你快去吧!天兵早到一天,天下要少死多少生灵啊。"

凤凰点头答应一声,展翅过了南天门,来到灵霄殿,参见玉帝求兵。

玉帝闻报,命托塔天王李靖和杨二郎带领天兵天将下界捉妖。

托塔天王、杨二郎接旨,带领金吒、木吒、哪吒和风、雨、雷、电四将,巨灵神及三千天兵,出了南天门,来到下界,将百草山团团围住。杨二郎牵着哮天犬,手拿三尖两刃刀高声断喝:"大胆旱魔,竟敢兴妖作怪,苦害生灵。如今天兵到来,还不过来伏绑,更待何时?"

连喊三遍,只见山中尘烟四起,小妖们列队站开,当中走出一位老妖。这老妖身高肚大,穿了一身黄金铠甲,仔细一看,这老妖没有脑袋,脖子口只有一张大嘴,口吐人言:"什么人?敢来百草山闹事?"

"我们是天兵天将到此,你就是那个残害百姓的旱魔吗?"

"非也!我在旱魔女皇殿前称臣,乃平顶大元帅黄刚是也!知我厉害,速速离开,否则,让你们这些天兵天将有来无回!"

杨二郎一听,胸中冒火,放出了哮天犬。哮天犬"汪汪汪"叫了几声冲了过去,往上一蹿,伸开前腿扑了上去,只见这平顶黄妖哈哈大笑,大嘴一张,把哮天犬吞入肚内。杨二郎一见,吓得目瞪口呆。托塔天王李靖一见,急忙举起玲珑宝塔,这宝塔见风就长,转眼之间,这宝塔像一座大山从空中压了下来。最后也被他吞入肚内。哪吒一看，祭起了乾坤圈，要套住此妖，结果乾坤圈又被他吞了下去。巨灵神一看，急得哇呀哇呀怪叫，大步奔上前去，双手抡起一对金锤，砸了下去，只听"当"的一声，把巨灵神弹起了百尺多高，吓得天兵天将急忙返回天宫。

天兵天将逃回天宫，半路上，碰见南海白衣大士观世音。托塔天王说明下界捉妖败阵经过，问道："观音大士，此妖身高肚大，项上长口，能生吞百宝，可知他是何妖？"

观音大士眼观千里，向下方一看说道："这平顶黄袍本是酒仙杜康的一口大酒缸。"原来下八仙罗圣主、鲁班、张千、刘海、杜康、刘伶及和合二仙八人，一天，在泰山聚会，各显神通。杜康说他的酒缸可装下五湖四海之水，装进此缸中即可成琼浆玉液。众仙饮酒作乐，不多时一个个都醉得东倒西歪，昏昏入睡。不料此事正好被从西天来到东土的弥勒佛看见，他见酒香扑鼻，忍耐不住，破了酒戒，一连饮了多半缸酒，把大肚皮灌了一个溜圆，所以如今寺庙中供的都是大肚子弥勒佛。当时弥勒佛喝得半缸，想把杜康的仙缸偷走，带回西天长期受用。他扛起仙缸驾云而去，怎奈醉得东倒西歪，一不小心，仙缸失手落地，正好落在百草山上，把草地碰了一个大坑，半缸仙酒也洒了一地，后来此处就变成了酒泉。

当时旱魔女皇，听见惊天动地一声，吓了一跳，走出洞中一看，原来是一口黄瓷大缸。只见这口大缸摇身一变，变成一位平顶道人，上前见过旱魔女皇，说明来由。旱魔女皇知他仙法出众，当时就封他为平顶山大元帅。因为他本来是一只大缸，所以变成人形，还是有身无头，大口朝天。肚子可吞五湖四海、三山五岳，所以把群仙百宝都能吞入腹内。巨灵神一金锤打在肩头上，弹出去百尺开外。这一锤足有千斤之力，虽然没有把这口仙缸砸碎，却把缸沿震出一条裂纹。平顶大元帅受了伤，回到山洞，口中吐出了哮天犬和百宝，说明出山经过。旱魔女皇命小妖将哮天犬拴在后洞，又命小妖们把各种法宝都抬到库中收好。平顶大元帅就在洞中养伤。

这一切，观音大士早已知道。她为除此妖，来找斗战胜佛。就是当年西天取经的齐天大圣孙悟空，说明下界出了一个害人的旱魔。孙悟空一听，说："怕什么旱魔，待我老孙去下界拿她！"

观音摆手说道："你现已成佛，不需你大驾亲临，只借我一物，我自有办法。"

"大士要借何物？"

"借你的如意金箍棒，此棒重一万三千五百斤，有了它，才能砸碎黄瓷仙缸，除了这个帮凶，天兵天将就可以下界去拿旱魔了。"

孙悟空当时取出金箍棒，交给观音大士，观音当时吹了一口法气，金箍棒立刻变成一把金铁锤。观音离开天宫，下界去找土地神。

观音大士来到泰山之上，大声呼唤："土地神何在？"

一语刚落，只见地上冒起一股白汽，出来一个鹤发童颜的老人，正是土地老。

"土地神，如今百草山上旱魔作怪，我命你变成一个锔锅匠。我这有小铁锤一把，乃是孙悟空的如意金箍棒所变，你用它定能将那仙缸击碎。到那时，定有天兵天将下界，擒拿妖魔！"

观音说罢，将小铁锤交给土地神，升天而去。

再说旱魔女妖见平顶元帅受伤，黄瓷仙缸裂璺，必须早日锔上，不然，裂璺会越来越大。这天一早，魔女妖变成了村妇王大娘，又将妖洞变成一个庄户人家，只等锔缸人早日到来。

土地老变成一个锔锅匠，头戴毡帽，身穿蓝衣，腰扎布带，脚穿草鞋。肩挑锔锅担，直奔百草山走去。边走边喊："锔锅锔碗锔大缸！"

女妖一听，出门观看，只见这位锔锅匠，四十多岁，不胖不瘦，大眼睛，高鼻梁，嘴上留着八字胡，倒也精神，忙招手喊道："锔锅的，快挑到我家院中来！"

土地老点头答应，进院放下挑子。说："大娘，你是锔锅呀，还是锔碗？"

"不，我不锔锅，也不锔碗，我家有一口大缸裂璺了，请你给锔上，我冬天好用它渍酸菜。"

二人把大缸搬到院中，土地老仔细看了看说："哎呀，这条大璺不小，起码也得十个锔子。"

"你好好给锔锔，我多给你手工钱。"

土地老一边锔缸，一边与女妖搭话："大娘，你贵姓啊？"

"我姓王。"

"噢，王大嫂，贵庚啊？"

"三十七了，属羊的。"

"哎呀，真巧，我也是属羊的。咱俩同庚，是一对羊。"

"这是什么话？谁跟你是一对？"

"我属公羊，你属母羊，公羊母羊正好配成一双。"

土地老是故意气她。女妖一听，说："好你个锔锅匠，竟敢来调戏老娘。"说着举手要打。土地老往旁一躲，乘机一铁锤将缸击碎。女妖一看，大吃一惊！土地老现出原形，旱魔也现出原形，口吐浓烟烈火，土地老战她不过，转身就跑。这时天兵天将到了。

旱魔抬头一看，心中奇怪，我那平顶大元帅收的群仙的法宝，都收在山洞之内，怎么又都在他们手中呢？原来在土地老变成铜锅匠与女妖周旋之时，上八仙中的金眼毛遂变成了小妖混入百草山后山，杀死了看守山洞的小妖，盗出了百宝，牵回了哮天犬，回到天宫，早把百宝交给了众仙。这时，酒仙杜康赶紧说："旱魔，你快还我仙缸！"

女妖说："你那酒缸是我捡来的，也不是我偷来的，如今已经被土地老击碎，我拿什么来赔你？"

观世音大士过来，用杨柳枝一掸，画了一个大圈，只见那百草山下的碎缸片，聚拢起来，观世音大士又用净水瓶仙水一洒，仙缸恢复了原形，交给了杜康，说："下次不要再饮酒误事。"

杜康说："小仙记下了，绝不再犯。"

观世音大士又对金龟说："你为非作歹，残害生灵，不能饶恕。"用手一指，那金龟立即变成一座大山。从此，人们就把百草山改名叫了金龟山。

土地老说："大士，那西方弥勒佛偷吃仙酒，盗走仙缸，惹出这番事端，请大士降罪于他。"

观音说："那弥勒佛本是西方一尊善心佛祖，区区小事，何必管它。"说罢，带领天兵天将，一齐返回天宫去了。

土地老心中生气，他在地上蹀来蹀去，一心想上天去找弥勒佛算账。这时，来了四个老头儿，一个黄脸、一个白脸、一个黑脸、一个红脸，原来是金、木、水、火四位神仙，上前问道："土地大哥，你怎么闷闷不乐？"

土地老当时把心事一说，四神说："有这等事。土地大哥，你除妖有功，玉帝不赏，那弥勒佛有过，玉帝不罚，赏罚不明，实在无理。你何不就上天堂，去找玉帝辩理。"

土地老说："恐怕我这小胳膊拧不过大腿。"

金星神说："不怕，咱们金、木、水、火、土是一家人，只要心齐，何怕那天上玉帝？"

金星神又说："不忙，我们带来一些仙酒果品，正好为你送行，吃完再走不迟。"

这五个老头儿就在泰山上吃喝，土地老喝了八分醉，告辞四仙，腾空而去。

这土地老也不知灵霄殿在何处，他来到天上，只见前边有一座高大宫殿，金碧辉煌，信步走来，到近处，抬头一看，殿外山门上有块大匾，上写"三清宫"。他听说三清宫是元始天尊的住处，既然到此，我去拜见拜见他。

元始天尊说道："土地，你本身是下方无极土化身，今日如何来到这里？"

土地老说："小神是来天宫寻找玉皇大帝，误走到此处，才得遇天尊。"

元始天尊说:"你为何事来找玉皇大帝?"

土地老就把来由说了一遍。

"原来如此。你来得好,应该找玉帝去问个明白。不过那弥勒佛是西方大佛,是如来佛的亲信。恐怕玉帝也要惧他三分。你本领不大,地位又低,玉皇大帝也可能不召见你,你可用此杖打他。"

说罢,吹了一口法气,手中如意立即变成了一支龙头拐杖。

土地老双手接过龙头拐杖,叩了三个头,站起身来,走出三清宫,手舞仙杖,心中快活。不多时来到南天门外,刘、马、温、赵四大门军拦住去路。

土地老说:"我是下方土地,有事要见玉帝。乞求众公方便,放我进去。"

"你这老头儿真是不知贵贱,这南天门只有天上众仙可以过得,可不是你那小小土地庙的破庙门,随你天天出入。快滚吧!"

土地老一听,心中火冒三丈,大怒道:"我土地老虽居下界,也是一位上万年的神仙。今天我偏要过去,看你们哪个敢拦?"

马将军说:"这是天宫,岂能容你撒野?"

说罢过来,一把拉住土地老衣领,连推带揉。那赵、刘、温三人也骂土地老不知好歹,一起上来推拥。土地老气得浑身发抖,抡起龙头拐杖,打了起来。

土地老打倒四大门军,闯入南天门,抬头一看,天宫里果然与人间大不相同。只见霞光瑞气冲霄汉,乘龙跨凤众神仙,天仙玉女舞彩袖,神兵天降貌威严。

土地老东张西望,边走边看,手舞龙头拐杖,一路走来,无人敢拦。走了半天,还不见灵霄宝殿,忙拉住一位天神问道:"请问上仙,灵霄宝殿在何处?"

那位天神说:"你是何处老头儿,为何拉我仙衫,真是无理!"

旁边有位女神,过来问道:"这位老伯,你是何人?为何来到天庭?"

"我是下方土地,到天宫来找玉帝。"

"噢,原来是土地老公公。我是女娲,当年西北角天塌一块,冷风飕飕,人间寒冷难挨,是我采大地宝石,炼成红、黄、蓝、白、黑五色石,才补上西北乾天。当年多亏土地帮助,我才能炼石补天,搭救众生。想不到今天你这位土地公公上天来了。众位大仙,不要拦他,他是下方土地神,已经有九万岁高龄了。天下人都称他为土地老,人人都夸他心眼好。"

土地老说:"不敢当,不敢当,原来是女娲仙姑,幸会幸会。"

女娲说:"土地公公,你往正北走,十里之外,就是灵霄宝殿。"

这日玉皇大帝正坐在灵霄宝殿内与众神仙议论天上大事,青龙神上殿启奏玉帝:"有个白发老头儿,不知何名。手使龙头拐杖,力大无穷,方才在南天门外,将马、赵、刘、温四位门军打得东倒西歪,闯进了天宫。眼看要闯上灵霄宝殿来了！"

玉帝一听，十分气恼，马上传旨："左右天蓬元帅，率领天兵天将，二十八宿、九曜星官，同去围住，将他拿来！"

天蓬元帅一声令下，将土地老团团包围。土地老一见，不慌不忙，举起龙头拐杖，指东打西，遮前挡后，天兵天将虽然多却不能靠前。这时，九曜星官见事不好，将手中拂尘扔在半空，霎时变成九只神鹰，个个展开翅膀，一齐向土地老扑来。土地老一见，也忙将龙头拐杖扔上半空，变成了一条金龙，张牙舞爪，身长百丈开外，龙嘴一张，活像一个大火盆。东咬一口，西咬一口，那九只神鹰，个个受伤，羽毛纷纷落下，如同漫天飞雪。

九曜星官慌忙跑回灵霄宝殿，上奏玉帝，玉皇大帝听说下方土地大闹天宫，左右天蓬、二十八宿、九曜星官都不是他的对手，忙传令，让五方五帝、五斗神君、三十六天罡、七十二地煞，率领八万天兵天将，去捉拿土地神。

土地老一见天兵二次到来，铺天遮日，人多势众，心中暗想：好虎难战群狼，我何不如戏他们一戏。想到这里，忙说道："神兵众多，一人难战，我今去也！"

土地老说罢，将龙头拐杖一抡，一道金光，飞出南天门外，到了大地之上，往里一钻，转眼之间，无影无踪。

众天兵说："没了！没了！"

九曜星官说："他是土地，这大地就是他的原形。"

众神闻听，就将手中刃当作锹镐，挖的挖，刨的刨，不多时掘地数尺。土地老身上疼痛，大喊道："金星大哥，快来帮我！"

话音刚落，众神再看，只见地里全是金元宝，金光耀眼，他们一个个抓起金元宝就往怀里头装，有的把装仙袋打开，装了一口袋，有的把扣仙钟倒过来装满了还装，都冒尖了。那些没带法器的天兵，心里都后悔，早知道这里有这么多金元宝，我也带个大口袋来呀！还有的天将心眼儿快，把战袍脱下来，包了一大包，大家一看，都学他这样，个个脱袍包金。有个天兵连裤子都脱下来，把两个裤腿一扎，装上许多元宝，往肩上一搭，成了钱褡子了。

土地老一见，觉得十分可笑，原来天兵天将都是些贪财鬼！土地老想到这里，又叫了一声："水里三星，快来帮忙！"

一言刚落，地下处处冒水，转眼之间，波涛汹涌，天兵天将叫苦连天——有的舍不得丢下金子，淹死在水中；有的扔下金子光顾命，在水中挣扎。土地老一看大吸了一口气，将水一抽，天兵天将跌倒在水里，四处乱跑。不多时水干了，天兵天将都陷在稀泥之中。如此模样，有何脸面去见玉帝？多亏九曜星官，唤来风雨雷电八部神将，雨神降了一场大雨，将众天神身上沙泥冲洗干净，风神又刮了一场大风，将他们衣裳吹干。众神休息片刻，才要再战土地神。

话说土地老现出身来，天兵上前围住，说："老头子，任凭你怎么变化，也跑不了你！"

土地老说："我使个小小的法，我看你们就挡不起。"

土地老往地下抓了一把土，满天一撒，众天兵眼难睁，如同沙石打脸，疼痛难忍。众天神无法，只好收兵，回到天宫，上奏玉帝。

太白金星上前启奏："此事本由西方弥勒佛偷盗仙缸引起，依臣看来，解铃还须系铃人，吾皇万安，可派哪位神仙，去西方佛国借兵，定能取胜。"

玉帝准奏，就命太白金星，带上玉旨，往西方佛国借兵。太白金星领旨，出了灵霄殿，驾动祥云，不到半日，来到灵山，见了西天如来佛，说明来意。如来佛马上差遣四大天王、八大金刚，跟随太白金星来到下界。八大金刚分头上去，来了一个车轮战术，一连打了三天三夜，土地老不吃不喝，越战越勇。四大天王一看，八大金刚难以取胜，兄弟四个，一起冲上来。土地老说："你们四个当初本是魔家四将，助纣为虐，被天将黄天化打死，姜子牙斩将封神，封你们为四大天王。本应该在西方镇守灵山，今天却又来东土逞凶，看我的龙头拐杖取胜！"

转眼之间，不见土地老。四大天王，八大金刚，四下寻找，只见前边一片林海挡住去路。天兵天将齐动刀斧，砍伐树木，眼看开出一条路来。突然，林中着火，火借风势，风助火威，烧得漫天通红，天兵天将一个个东逃西躲，被烧得焦头烂额，叫苦连天。幸亏那八大金刚不怕火烧，跟随四大天王跑回西方去了。

原来，这是木、火二神帮助土地老，又战胜了天兵。土地老冲天大叫："玉皇大帝，你借来西方佛兵，也败在了我老头儿手下，你还有什么高招？"

玉帝说："领吾敕旨，传与南极仙翁，令群仙下界，去捉拿土地！"结果又是大败。孙大圣奉西天如来佛之命也前来助战。老孙挥舞金箍棒，一个筋斗，来到地上，见了土地老说："老头儿，你有什么本领，可敢在我老孙面前使使。"

土地老说："你有什么本领，先使使我看。"

孙大圣说了一声："变！"一个变十个，十个变百个，百而千，千而万，铺天盖地到处都是小孙悟空。

土地老看了一笑说："你来看我变！"

这土地老摇身一变，无边无岸，撑天拄地，一个大身子，把所有天兵、天将及千万只猴儿全托在身上。孙大圣现出本相，东奔西跑，跑了半日，还在土地身上。土地老现出身形，说道："孙悟空，你当年是齐天大圣，也曾大闹天宫。近日为除掉旱魔，也是你将金箍棒借给我，变成一把万斤锤，才击碎那口缸。难道你如今成了佛，当了官，就忘了家乡故土不成？"

土地老一番话说得孙大圣张口结舌，面红耳赤，半天才说出一句话："俺老孙无地自容,我去也!"

孙大圣返回西天不提。众仙到灵霄殿,奏明一切。玉皇大帝见天兵天将、佛兵神仙都战不过土地老,只好亲自往西天灵山而来。到了灵山,见了如来佛,问道:"这土地撒野,大闹天宫,是何因由?"

如来佛说道:"土地神者乃无极化身,未有天地,先有无极,无极以后才生天化地。有了天地,才有神仙佛祖,何人原先不住在地上。就连你这天上玉皇,原先也是地上一家财主,后来你才一家成仙,鸡犬升天。我也如此,我成佛之前,只是西方天竺国内一个太子,是我一生苦苦修行,才得升天做了西天佛祖。西天一切菩萨罗汉,也是从人间而来。我们如今不过上千岁,那土地老却已经有九万岁了。那土地老为人和善,他大闹天宫必有缘故,待我招来一问便知。"

佛祖说罢,命金翅鸟下界去招土地老前来。金翅鸟领命而去,不多时驮着土地老来到灵山。

土地老把事情的起因一五一十地说了一遍,玉帝说:"土地,你除妖有功当赏,可你打伤天兵有罪当罚,如今将功折罪,不赏不罚,你下界去吧!"

土地一笑:"什么?将功折罪,我也不为领赏而来,就为的是争一口气。也罢,我这点小功不必再提了。那杜康的仙缸是弥勒佛偷去的,请问佛祖,我听说西方佛国讲的戒色戒财,戒荤戒酒,七戒八戒我也说不清楚。反正当佛的偷人家东西总得处罚吧!"

如来佛说:"那弥勒佛乃是笑面佛,修炼千年,过去从来没犯过错误,念其是初次犯戒,就饶过他这次吧。"

土地老一听心中生气,跳过来举起龙头拐杖就打,如来佛没加防备,脑门被打了一个核桃大小的包,当时红肿。直到如今寺庙中的如来佛脑门上还有一个红包,像一颗红珠,那就是这回叫土地老龙头拐杖打的。

如来佛挨了打,胸中冒火,大怒道:"好一个土地神,敢来灵山佛地撒野。来吧,把他投入八卦炉中,给我烧死!"

八大金刚过来捉拿土地老,土地老转身刚要跑,如来佛用手一点,使定身法将他定住,八大金刚过来抢下龙头拐杖,把土地老捆上,投入炉中,三昧真火,烧了七天七夜。灭火后,开炉一看,土地老化成了骨灰。如来佛命八大金刚把这些骨灰撒下天宫。

不料这些骨灰落到大地之上,无数颗粒白灰,又变成了成千上万土地老。那龙头拐杖也自己飞回人间,变成了千万条拐杖,都回到各地土地老之手。这些土地老或住城镇,或住山村,都保护着各地山川,万物生长,五谷丰登,天下百姓,人人尊敬土地神,处处修起土地庙。

后来,土地老还做了月下老,给董永、七仙女牵了红线,配成一对夫妻。这类好事,各地的土地老都做了不少。可是自己还是一个老光棍儿,身边没有一个老伴。这件事被天上女娲知道了,她为了报答当年在大地采石之恩,来到人间,抓了一把土,变成了无数泥人,都是白发苍苍的老太婆。后来各土地庙里都供着一男一女,一个是土地公公,一个是土地奶奶。

(参照《土地宝卷》残本和《铜大缸》戏文编写。原载《民间故事》月刊。)

牛郎织女天河配

传说天上王母娘娘身边有金童、玉女二仙。有一年三月三，蟠桃大会，天上各路神仙都来给王母祝寿。织女也来祝寿，送的是一匹五彩锦缎。金童只顾看美貌超群的织女，失手打了温凉盏，王母娘娘大怒。玉皇大帝下旨，要把金童贬下凡间，金牛星君过来，为金童求情，希望玉帝饶过他，把他留在天庭。玉帝说："谁要为他求情，与他同罪。你关心他，就让你也下凡，托生一头黄牛，拉车耕田，功德圆满，再返天宫。"

就这样，金童仙子与金牛星君都被贬到人间。金童托生张家公子，金牛星君托生了张家的黄牛。金童是张家老二，起名张有福，他有个哥哥张有才娶妻嘎氏。张有才一年四季常出门做买卖，老二张有福十几岁就上山放牛，人们都叫他牛郎。嫂子不喜欢这个小叔子，丈夫不在家，她不给牛郎饱饭吃。牛郎受尽折磨也不敢跟哥哥说。嘎氏怕牛郎将来娶媳妇花钱，分出家中财产，就常挑动兄弟二人分家另过。

一天，牛郎又上山放牛，他困了，在大树下迷糊了一觉，忽听有人叫他："牛郎醒来！牛郎醒来！"牛郎睁眼一看，四下无人，再一听，原来是老牛跟他说话。牛郎心中奇怪："老牛，是你呀，你怎么也会说话呀？"老牛说："我为什么会说人言，以后我再告诉你，今天有个急事，先跟你说一说。你嫂子太刁泼，早有害你之心，今天下山回家，你嫂子要是提出分家，你就答应下来。如果问你要什么，你就说只要前山七亩薄田，两间茅房和我这头老黄牛。今后咱们一块过，日子差不了。"牛郎答应下来，太阳落山，牛郎赶牛回家果然见嫂子提出要分家，他只要七亩地、两间房和一头老牛。他嫂子一听乐坏了，他哥哥于心不忍，还想多分给二弟一些财物，牛郎不要。第二天找来中间人，写了分家单，牛郎就赶着老牛，来到山前的旧草房，收拾收拾住下了。到来年春天，把七亩地也种上了，不几天田里长出一片青苗。转眼之间，夏天到了，这一天老牛对牛郎说："你也不小了，不能总是一个人过，该娶媳妇了。"牛郎说："谁家姑娘能嫁给我这个穷小子啊？"老牛说："姻缘本是前生注定，今天晚上你不要睡觉，我要带你找媳妇去。半夜子时，必须赶到天池，那里有一群仙子下凡沐浴，其中有一个穿红衣裳的织女，你把她的红衣裳给藏起来，她洗完澡，回不了天宫，就一定能嫁给你做媳妇。"牛郎半信半疑，天黑后，他就跟着老牛，来到长白山的天池，果真看见一群仙女都在天池中边洗边玩。牛郎过去，把岸边小树上搭着的一件红衣裳拿了过来，藏在一棵大树后边。不一会儿，只见仙女们一个个上岸，穿上衣裳都飞上天去。只剩下一个仙女东张西望寻找自己穿来的那件红衣裳。老牛走过去，对她说："织女，你别找了，你看，我身后那个小伙子叫牛郎，原来就是天上的金童，他是为了你才被贬到人间的。你二人有一段姻缘，今天就该成亲了。"织女抬头一看，那个小伙的模样，果真是金童，就点头答应了。牛郎把红衣给了她，二人一起回到家中，就拜堂成亲了。婚后男耕女织，小日子一天比一天好，一年以后，织女生下一对龙凤胎，大小四口，欢欢乐乐。孩子满月那天，天上乌云密布，雷雨交加。原来是王母娘娘召织女返回天宫，派天兵天将下凡，把织女给抓走了。两个孩子哇哇直叫，牛郎急得团团转，可惜自己是个凡夫俗子，也上不了天。这时，老牛说："牛郎你别着急，我本来是天上的金牛星君，也是为了你才下凡的，今天是七月七，也该我返回天宫了，我死后，你把我的牛皮扒下来，洗干净，披在身上，就能上天，去追织女。"说罢这句话，老牛就躺在地上没气了。牛郎一看，只好拿刀扒下了牛皮，洗干净后披在身上，又找来一根扁担，两只竹筐，把一双儿女放在筐里，一边一个。他挑起竹筐，说了一声："我要上天了！"马上就飞起来了。抬头看看，织女正在前边，他急忙追了上去。织女回头直叫牛郎！牛郎连叫织女！追了半天，眼看要追上了，忽然王母娘娘驾着五彩祥云走过来了，拔下金簪，画了一道大河，河水滔滔，把牛郎织女隔在两岸，他们又喊又叫。这时候鹊王带着一群喜鹊在河上架起一座鹊桥，牛郎织女从两头上桥，跑到鹊桥中间，二人抱头大哭。王母娘娘一看，说："我念你二人夫妻情深，今后每年七月七日，允许你们二人在鹊桥相会。"

　　从此就留下了牛郎织女七夕会的传说，老人们都说，每年七月七必定下小雨，那雨就是牛郎织女的泪水。人间七岁前的小孩，七月七这天晚上，蹲在黄瓜架下，就能听见天上牛郎织女夫妻说话。

　　我六岁时，真在七月七那天到黄瓜架下待过小半宿，没听到牛郎织女说什么，只听到雨声哗哗，也许是牛郎织女在哭吧。晴天晚上，抬头看天上的银河，两岸各有一颗亮星，其中一颗亮星两头还有两颗小星。传说那就是牛郎星与一双儿女。对面那颗亮星，就是织女星。

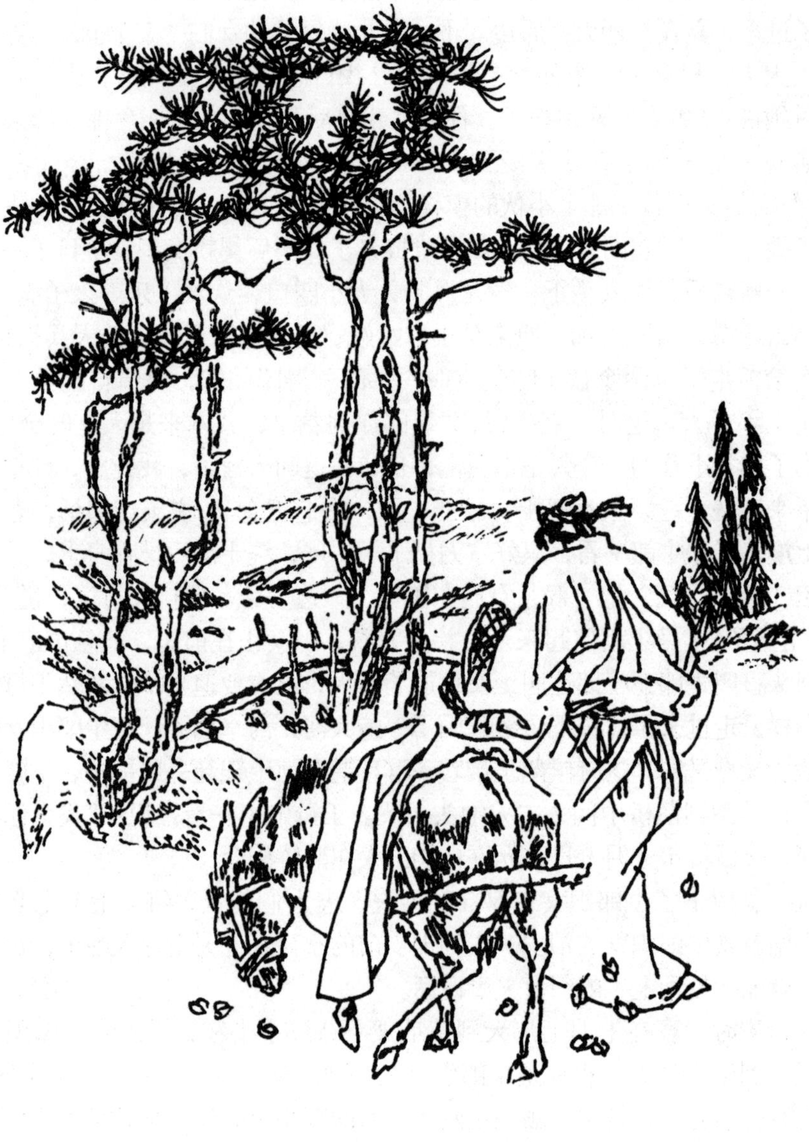

大葫芦出个孟姜女

很久以前，有个山庄，孟姜二户是近邻，中间只有一个篱笆墙。有一年老孟头儿种一颗葫芦子，出苗后一天天长高，葫芦蔓儿爬到老姜家那边结成了葫芦，两家老头儿都给葫芦浇水，盼望它越长越大。到秋收，老姜家把大葫芦摘下来，老孟头儿说："葫芦是我种的，得分我一半。"老姜头儿说："好吧。"他取出一把大刀，把葫芦一劈两半，再一看葫芦里有个漂亮的小女孩。两个老头儿都争，就给她取名孟姜女，算作两家女儿。后来孟姜女长大了，嫁给了范喜良。新婚三天，丈夫被官兵抓去修万里长城，孟姜女去寻夫，知道丈夫早已累死，埋在长城下。孟姜女哭了三天三夜，长城倒了，丈夫的尸骨才露出来。孟姜女投海自尽，老百姓在海边修了一座姜女庙，就在今天辽宁省的绥中县。

还有个传说，秦始皇见孟姜女才貌超群，要选她为妃，孟姜女不愿意，一头扎到东海里去。她死后被东海龙王收为义女。孟姜女投海前已有身孕。她在龙宫生下一个男孩。孟姜女想叫他回到人间，就带他出海，把他放在一棵大树下的草地上，小孩没奶吃，饿得哇哇直叫。这时候走过来一只母老虎。老虎见这个小孩儿虎头虎脑，又喜欢，又可怜，就喂他奶吃，小孩儿把老虎当成妈，因为他是龙王义女之子，吃老虎奶长大的，所以有"龙生虎养楚霸王"之说。后来楚霸王兴兵，打败了秦始皇，也是为他亲娘孟姜女报了仇。

梁山伯为啥有些呆气

《梁山伯与祝英台》的故事，是中国四大民间传说之一（另外三个传说是《孟姜女》《牛郎织女》和《白蛇传》），有小说、戏曲、民歌等表现形式，大伙都知道，大意是：祝英台女扮男装，上杭州读书，与梁山伯同学三载，梁山伯也不知道祝英台是个大姑娘。祝英台完成学业，下山回家时，梁山伯送她走了十八里路。祝英台一路上见景生情，把二人比作一对鸟，一对夫妻，再三提示，梁山伯还是不明白，最后祝英台假称她有个妹妹祝九红（自己的乳名），愿许梁兄为妻。祝英台到家后，她父亲却把她许配给了大财主家公子马文才。等到梁山伯来看她，方知真相，后悔已晚，梁山伯回家后不久就得病而死。祝英台出嫁那天，路经梁山伯坟墓，也撞碑身亡。

在民间传说中，祝英台上学不久，她的师娘就看出了祝英台是女扮男装，祝英台让师母保密。师母很担心祝英台万一暴露了真相，男女混杂，多有不便。她就焚香拜神，求神保佑平安。土地老得知这事后，生怕梁山伯识破祝英台是个女人，就把梁山伯的三魂勾去一魂，只剩下两魂，因此有些痴呆。梁山伯送祝英台下山那天，师母亲自给他二人烙的荞麦饼，还有两根黄瓜，嘱咐他俩饿了吃饼，渴了吃黄瓜。梁山伯还记错了，对祝英台说："你饿了吃黄瓜，渴了吃饼。"土地老在暗中看到这种情况，这才放心。等梁山伯到家后，土地老把勾来的一魂放了回去。梁山伯三魂七魄都全了，回忆起"十八相送"时祝英台的一举一动，已经明白祝英台是个女子。可是他赶到祝家庄时，已经晚了。梁山伯回家后，得病身亡，祝英台前去吊唁，撞死在坟前，突然坟墓大开，飞出一对蝴蝶，那就是梁祝二人变成的。他们生前不能结为夫妻，死后却飞在一起，永不分开。

观音断指变白蛇

传说紫竹山上的观音大士，来到人间，想造一座洛阳桥，为民造福。造大桥需要很大一笔钱。穷人没钱施舍，富人有钱又不肯施舍，那些花花公子出入花街柳巷却花钱如流水。观音大士一见世人如此，次日就变成了一个妙龄美女，又把杨柳枝投入水中，变成一只木船，她站在船头上。又叫善财童子沿河贴下告示，告示上说：

　　白衣才女到洛阳，
　　今日船头招夫郎，
　　谁把银子投身上，
　　马上跟他拜花堂。

消息传开，许多公子阔少都带上银子奔洛河而来。到这一看，果然河中有一只彩船，船舱走出来一位年轻女子，只见她一头乌发黑油油，桃腮粉面自来羞，身材如同风摆柳，万种风流把魂勾。这些公子哥儿一个个争先恐后，纷纷把银子向白衣女子投去。说来也怪，那白花花的银子都落在船上，却没有一块打中姑娘。有人还不甘心，又叫家人回家去取银子。

正在这时，惊动了一位过往神仙，你道那是哪位？就是八仙中的吕洞宾。他当年曾因三戏白牡丹，被白牡丹报告了玉皇大帝，吕洞宾为此受过处罚，可是他本性难移，今天刚喝完仙酒，来到洛阳，见到此事，又动了凡心。他摇身一变，变成一位富家公子，手摇金纱小扇，挤进了人群，说："我来试试！"说罢掏出一块银子，向那女子投去，正打在女子右手小指上。吕洞宾哈哈大笑，说："小姐，我打中了，你跟我回家拜堂成亲吧。"

观音大士抬头一看，早认出他是吕洞宾所变，当时气得二话没说，一口咬断小指，抛进河里。吕洞宾见事不好急忙溜了。观音大士也驾云升在半空，扔下了一张字柬，有人拾起来一看，写的是：

洛河一只船，
百姓过河难，
得银三千两，
这是修桥钱。

大家一看，这是观音法旨，不敢违背，当时把银子取下船来，小船又化成杨柳枝飞上天去，观音大士走了。当地官府就用这些银子修了一座洛阳桥。

再说观音大士那半截断指落入水中，就变成了一条小白蛇。

后来，白蛇打败青蛇。青蛇变成了一个丫鬟小青。主仆二人在杭州西湖巧遇药铺店员许仙，许仙娶白娘子为妻，历尽曲折，斗倒了破坏这一对恩爱夫妻的法海和尚。这些故事，大家都熟悉，我就不再细说了。

秃尾巴老李

从前，有山东人老李家两口子，逃荒来到关外，住在庄河县（今庄河市）的财主房村。老李大嫂三十多岁才有喜（怀孕），李大哥挺高兴。可是到月生下来一看，这个男孩后边有个小尾巴。孩子满月这天，老李就拿菜刀，一狠心把孩子的尾巴给剁掉了。那孩子疼得大叫一声，就从窗户飞走了。原来这个孩子是东海龙宫的一个龙子托生的。他回到龙宫，还不忘记人间父姓，长大后就叫秃尾巴老李。

秃尾巴老李，常常回到人间，帮老乡做好事。有时帮孤寡老人打柴挑水，有时帮孤儿寡母下田铲地，还有时帮助村民打跑了土匪。常言说："虎行有风，龙行有雨。"秃尾巴老李一来天上就下雹子，老乡一看天上下雹子，就知道是秃尾巴老李又来了。

辽宁省庄河县群众为了感谢他，还在城外修了一座秃尾巴老李庙，神像是木雕的，跟真人一般大，还穿了一件黑蟒袍。秃尾巴老李不忘他妈的养育之恩，每逢妈妈的诞辰之日，他都要回老家去看看老妈。乡亲们到这天，就用花轿抬着秃尾巴老李的木雕像，到李家坟地去，在他妈坟外转三圈，再抬回庙里来。中华人民共和国成立前秃尾巴老李庙香火很盛。中华人民共和国成立后县业余剧团排一出京剧《铡美案》，戏装不够，就把秃尾巴老李的那身蟒袍脱下来，给剧中的老包穿上了。虽然如今秃尾巴老李庙早就不见了，可是秃尾巴老李的故事却一直在流传。

（1956年庄河县文化馆王馆长讲述。）

巴 掌 参

　　早年间，辉南县辉发江边的柳树屯有个姑娘叫柳小翠，长得人才出众，就是命太苦啦。她八岁没了爹，随娘改嫁，到了李财主家，不到三年，妈妈又下世了，只剩下后老，待她非常狠毒。她家有个小猪倌叫杨春。两人挺对心，偷着私订了终身。这天小杨春要进山挖参，手头没钱，小翠就把自己手腕上一副银镯子抹下来给了他，他换了几十斤小米，就背着奔老白山了。

　　过了几天，李财主突然发现小翠腕上的镯子不见了，就问她。她起先不说，李财主劈头就打，小翠只好说了实话："叫我给杨春啦。"李财主一听暴跳如雷："你这个穷命货，多少门当户对的来求亲，你不答应，怎么跟一个穷小子好上了，真给我老李家丢人！"说着又打了她一顿。小翠哭得死去活来，一连两天没吃饭。过两天李财主说："小翠，你别哭了，今儿个我领你上你姥家去，住几天再回来。"

　　他领小翠出了门，走到半路乱石山上，突然站住："别走了，到地方啦！"小翠一愣，李财主掏出一把菜刀，说："你伤风败俗，留你何用，就在这宰了你！"小翠跪在地上苦苦哀告："爸爸，不看僧面看佛面，看在我死去的妈妈分上，留我一条命吧！"这一哭，天上飞的小鸟听见也落泪，树上跳的松鼠听见也伤心。李财主想了一想说："好吧，死罪饶过，活罪难免，你这个穷丫头不愿意戴银镯子，我叫你一辈子也别戴！"说完，把小翠两手按在青石板上，抡刀就剁。李财主把剁掉的两只手扔到山涧里，就走了。小翠疼昏过去，等她醒来的时候见自己秃手腕上包着白布，血都浸透了过来。身旁站着个和善的白胡子老头儿，正把一碗小米粥放在她面前。老头儿说："我上山打柴，把你救下来了，姑娘，你家住在哪儿？叫啥名？为啥手叫人剁掉了？"小翠把经过一说，老头儿点点头："事到如今，你就在我这住吧。我姓张，就一个人，你就算我干闺女吧。"说完就喂小翠吃了饭。从此，老张头儿每天上山打柴，小翠看家，有时也帮她干老爹往回背柴火。过了三年，老头儿死了，剩下小翠孤苦伶仃，只好要饭度日。

　　再说杨春到了老白山，每天在老林子里转悠，一个多月也没开眼，后来他就跟人到船厂去放木排。转眼就是三年，第三年他又去放山。正赶上红榔头市，这天一个人放"单棍"，在一条小河边发现红彤彤一片参，就连忙喊了一声："棒槌!"走过去挖出十棵五品叶，还有两棵大货，这两棵人参长得雪白雪白的，都是五个杈，像巴掌似的。就打上捆背下山了。他到营口卖了十棵五品叶，得了一笔钱，那两棵巴掌参没舍得卖。他回到柳树屯找小翠，听说李财主得暴病死了，小翠下落不明，杨春哭了一通，就买了三间房住下了。乡亲们听说他发了财，不少来提亲的，杨春一个也不要。这天门口来了个要饭的姑娘，听声音像是小翠，出门一看，见她头没梳，脸没洗，又瘦又老，俩手全没了，两只秃腕子夹着个黄瓷瓦罐。细一看正是小翠，就一把将她拉进屋里，两个人抱头大哭。小翠说："我是个残废人啦，不能给你添累赘，你再找一个好姑娘吧。"杨春说："你为我丢了双手，我丢下你还是人吗?"他给小翠洗了脸，又换了一套新衣裳，定下七月七成亲。

　　成亲这天，穷哥们都来贺喜。有的说："杨春心眼真好。"也有的说："新娘长得挺秀气，就可惜没有手。"客人走后，杨春对小翠说："今后吃穿你别愁，我还有一对宝参没卖呢。"小翠说："在哪儿呢?""就在水缸后边。"小两口来到外屋，杨春打开桦树皮，小翠伸两个秃手腕去夹，说来奇怪，那对巴掌参突然间变成双手长到小翠手腕上了，把两人乐得掉下眼泪。小翠有了这双新长上的手，比原来手更巧了，真是上炕剪子下炕刀，绣花花红，绣山山青，切菜菜细，做饭饭香。第二天喜事传开，有的说宝参找到了好人家；也有的说那巴掌参就是小翠原来那双手变的。

　　（赵桂荣讲述。曾收入在《人参故事》一书中。）

《封神榜》人物的传说（三则）

一、鸿均老祖分仙丹

传说，早在天地混沌之时，各种动物全死光了，只剩下一条曲蛇在泥里没有死。经过几千年修炼，变成人形，这就是鸿均老祖。鸿均老祖收下三个弟子，大徒弟是太上老君，二徒弟是元始天尊，三徒弟是通天教主。

这一天，鸿均老祖把三个弟子叫到洞中说："混沌之前，天上的玉皇大帝姓刘，混沌之后人间有个张善人，上天当了玉皇，他如今手下缺少文臣武将，要我变化成三百六十五位神仙上天保他。可是现变化怕来不及了，我这里有一葫芦仙丹，正好一万粒，分给你们三个，你们拿去变人成仙吧！"

他让大徒弟先拿，太上老君从来不爱管闲事，他只拿了一粒。所以，一生只收了一个徒弟玄都大法师，就是后来春秋时代的列子。

元始天尊见大师兄只拿了一粒，自己也不好意思多拿，就拿了十二粒，不久收下了玉鼎真人、赤精子、广成子、文殊广法天尊、清虚道德天君、慈航道人、太乙真人、道行天尊、惧留孙、普贤真人、黄龙真人和灵宝大法师，号称十二真人。后来，文殊、慈航、普贤、惧留孙被西方佛门收去，变成了文殊菩萨、慈航菩萨、观音菩萨和大肚子弥勒佛。剩下八位，成为上八洞大罗金仙，从此封了洞门。除十二真人之外，元始天尊还有四个徒弟。他拿仙丹之前，收了老寿星南极子和奇坏无比的申公豹，后来又收下云中子和姜子牙。

剩下的九千多粒仙丹，都叫通天教主给拿去了。他见仙丹太多，一下子收不了那么多徒弟，就在山坡上一扬，天上的飞禽，山下的走兽，水里的鱼、鳖、虾、蟹，就都得道成了气候，闹得天下大乱。后来姜子牙保周伐纣，这些山精水怪助纣为虐，被姜子牙等众仙给杀了不少。他们死后都上了"封神台"，被姜子牙封为不同的星宿。

二、姜子牙、申公豹为什么结仇

申公豹原来是个饕餮，它形如豺狼，好睡贪吃。有一天，这恶兽想吃四不像（麋鹿），四不像说："我太瘦了你吃不饱，去吃飞熊吧，它个大体肥。"他去找飞熊，飞熊说："你吃我还不如吃太阳呢，太阳比我还大。"他就腾云驾雾去找太阳，当他飞到离太阳还有六万里的时候，就被晒得化成灰了。他阴魂不散，转成了申公豹。后来，修炼成仙，一心要找飞熊报仇。

飞熊知道饕餮不会善罢甘休，就跑到昆仑山玉虚宫去找元始天尊，要求拜师学道，元始天尊不收，飞熊就不走，跪在大门口，这一跪就是五百年。五百年后，元始天尊一看，飞熊还在那里跪着呢，便把袍袖一抖，说："你下凡去吧！"

这飞熊便投生到东海老姜家，也就是姜子牙。据说飞熊是老虎变的，虎炼千年生一角，又修炼一万年，才变成飞熊。飞熊在昆仑山受了五百年仙气，这道行就深了。因此，姜子牙虽然是元始天尊的小徒弟，他的道行却超过十五个师兄。

后来天上玉皇要三百六十五位飞神，鸿均教主命令三大教主立下封神榜，要派一人去辅佐武王伐纣，斩将封神。这里三教的人都有，按名就位。三位教主都不忍心看着自己的徒子徒孙遭劫，但说了又怕泄露天机，不说又十分可惜，便在洞门上写了一副对联，来点化众人。这对联是：

心别洞门净付黄金三两贯；
身登西土封神榜上有名人。

元始天尊拿着封神榜，说："老祖师发来此榜，你们谁去辅佐武王？"

大弟子南极子摇头说："弟子难胜重任。"

二弟子申公豹见大师兄没接榜，他也没好意思接。问十二真人，大家也都摇头。最后，元始天尊生气了，说："你们都不去，祖师爷的命令怎么执行？"

姜子牙一听，只好说："别人都不去，那就我去吧。"

就这样，姜子牙领了封神榜。这下子可气坏了申公豹，他心想：论道行，除了大师兄南极子就数我高，我是老二。论能耐，我比谁都强。除了跟师父学道外，我还在碧游宫跟师叔通天教主学来不少能耐。只是一时拘面子没接，没想到这便宜让老疙瘩姜子牙给捡去了。不行，我得把大权夺过来。申公豹老仇没忘，又加新恨，所以处处反对姜子牙。

姜子牙背着封神榜下山，申公豹路上拦住他，要打赌论输赢，申公豹说："我把自己脑袋割下来，扔到天上，唱二十四支小曲，还能落下来长上。"

人头升天，一时三刻之内还能复原，过了时辰，流血过多就死了。大师兄南极子为保姜子牙，就派白鹤把申公豹的头叼走了。申公豹急了，挣脱下来，结果急中出错，将人头安倒了，脸朝背后。姜子牙骑四不像下山，申公豹骑虎去追，越追越远，因为他走的是回头路。"老走回头路"这句话就是这么留下来的。

后来，申公豹保纣王，多次与姜子牙作对。最后，元始天尊下山，才把他打死，尸体扔进了北海，填了海眼。

三百六十五位飞神中本来没有他，姜子牙念他是一师之徒，封他为瞻星换斗送太阳，迎月亮之神。一天到晚他也没有闲空，只有月落之后，日出之前，才有点工夫，也就是辰时，他才得工夫出去，下一场臭雾害人。所以直到今天，人们一见晨雾漫漫，就骂申公豹不干好事。

旧社会官府衙门口雕画一个恶兽，像狼不是狼，四足蹬元宝，回头张口望日。这就是申公豹前身的饕餮。饕餮贪财贪吃，他是蹬着元宝，回头望日，是要吃太阳。

申公豹死后阴魂不散，春秋时转世，为楚国大将章邯，姜子牙则托生为吴国的孙武子，还是死对头。孙武子死后，魂游天下，没找到有德之家，还是看老孙家好，又转生孙膑。章邯死后托生了庞涓。庞涓多次害孙膑，最后被孙膑在马陵道杀死。从此孙膑归山得道，成了"上八仙"之一，不再转世。庞涓死后没有成仙。到明朝时，他到辽东开原县投生了济小塘，拜"中八仙"的吕洞宾为师，才修仙得道，成了"下八仙"之一。从此，二人都成了正果，不过二仙可差了辈分，再不是师兄弟，而变成了师爷和徒孙。

三、姜太公封神

姜子牙下山，娶妻马氏，七十二岁做新郎，娶个六十四岁的老姑娘。姜子牙在昆仑山修道多年，不会生活。他先去卖肉，没有人买，肉都臭了。又担担去卖白面，卖了一天还是没有人买，最后来了一个妇女要买一个大钱的面，打糨子糊窗户用。姜子牙打开面箩称面，来一阵大风把面全刮光了。回家来，马氏说他没有用，逼他写休书，二人离婚了。

后来姜子牙在渭水河用直钩钓鱼，大家都说他傻，他却说："直钩钓鱼，愿者上钩。"

文王夜梦飞熊，到处寻访，见到了姜子牙。姜子牙坐辇，文王拉绳，走了八百单八步，后来周室江山正好八百单八年。

姜子牙被文王封为太公望。他保周伐纣，最后打败纣王。马氏听说姜子牙当了大官，又要复婚。姜子牙泼了一桶水说："你能把水收回桶来，你就可以回到我家当夫人。"马氏收不起来,羞愧难当,就一头撞死了。最后姜太公登台封神,还没忘记马氏,封她为"扫帚星"。后人把泼妇叫"扫帚星",就是这么来的。

　　传说,姜子牙封的神,与小说《封神演义》不大一样。姜子牙封的神仙中,雷神爷是雷震子,他尖嘴猴腮,背生双翅,而不是太师闻仲。张奎被封为灶王爷,他的夫人高兰英是灶王奶奶。活着没干好事,死后成神,还成天烟熏火燎。姜太公封的财神最多,一共封了八位财神爷。文财神比干,比干没有心,所以有钱谁都给。武财神是赵公明,他财大气粗,老好发火。他的两个徒弟陈九公、韩少师也是财神。萧升、曹宝二人,一个是招财童子,一个是进宝郎君。过去是老百姓家门上的二神,他们生前能为周军送粮解急,传说死后成神也能解人危难。后来,关羽关夫子也被封为财神,他还被清帝康熙封为协天伏魔大帝,所以过去画的财神爷,上边是关帝,下边是比干、赵公明,两边是萧升、曹宝。因为协天大帝比比干还大。

　　当时姜太公光顾了封别人,却忘了封自己。最后没神位了,他就坐在灯下。

　　从前,过春节时,人们在院里立下一根灯笼杆,上写"太公在此,诸神退位",人们认为有了姜太公在这保护,不论什么恶神也不敢来胡闹了。

　　关于姜太公封神还有一个传说。他为什么要封神呢?原来商周之战,历经多年,双方都死了许多将士,遗属们都怀念死去的亲人,怨恨姜太公。姜太公知道许多人对他不满,担心有人聚众闹事,大周不宁,因此才编造出一个"封神榜"来,说这场战争双方死去的文臣武将,灵魂升天,各就各位都成了神仙。"封神榜"一公布,人心都安定了,大家都感谢这位"斩将封神"的姜太公。

(与裴福存合作整理,原载《民间文学》。)

《西汉演义》人物的传说（四则）

一、刘邦斩蛇　刘秀跨虎

《西汉演义》与《东汉演义》，合称《两汉演义》，有"蛇起虎收"之说。《西汉演义》的开头是刘邦起义，在进军途中，刘邦杀死过一条拦路的白蛇。迷信说法，这一条白蛇，后来托生为奸臣王莽，篡位称帝，是为报当年腰斩之仇。

《东汉演义》中，王莽篡位后，派兵追杀刘氏之后刘秀。刘秀被逼无奈，跳下山崖，正好骑在一只睡觉的老虎身上，老虎惊醒，驮着刘秀逃走。迷信说法叫"老虎救驾"。说书艺人中还有"穷西汉，富东汉"之说，因为《西汉》内容符合正史，很不好说，说此书的艺人收入低，所以叫"穷西汉"。《东汉》中虚构的故事多，情节热闹，说此书的艺人收入高，所以叫"富东汉"。

沈阳人丁正洪专说《西汉》，人称"丁西汉"。其子丁建中整理的《西汉》分为《张良扶汉》《韩信挂帅》《刘邦灭楚》三集。一二集已由春风文艺出版社出版，第三集只写了一半丁建中就去世了。

《东汉演义》（上、下）有北京艺人连丽如的口述本，已由中华书局出版。田连元的整理本改名《刘秀传》（上、下），已由春风文艺出版社出版。田本中收了不少同名鼓书中的情节，离正史更远了一些。

（原载《晚晴报》。）

二、成也萧何　败也萧何

萧何、张良、韩信，人称"汉室三杰"。

当年秦朝灭亡，楚汉两国相争，汉王刘邦命张良去寻找一个帅才，张良来到楚国，发现韩信很有才，可是西楚霸王项羽，不知韩信武艺高强，让他只当一个执戟郎——就是看守宫门的小哨兵。张良劝他弃楚投汉，还给他一个"角书"——相当于推荐信。韩信来到汉国，拜见汉王时，没拿那个"角书"，他想凭自己的本领，不想靠关系当官。汉王只让韩信当个廒粮官，来管军粮。韩信上任后，查库查粮，账目清楚。丞相萧何，看他是个人才，三次上殿，保奏韩信为帅，汉王不准。韩信一气之下，骑马逃走，萧何闻讯，月下追回韩信，见到韩信身上带着张良的"角书"。汉王刘邦这才金台拜帅。韩信统领汉军，多次打败楚军，最后九里山设下十面埋伏，围困霸王。张良吹箫，四面楚歌，楚国士兵听见歌声，思念故乡，纷纷散去。霸王项羽无颜见江东父老，在乌江自尽身亡。刘邦统一天下，当了大汉皇帝，封韩信为三秦王。张良不愿在朝为官，云游天下后，上山修道去了。韩信自认为有功，还想当"楚王"，汉高祖刘邦不准。刘邦死后，吕后当权，生怕韩信起兵造反，她与丞相萧何定下一计，把韩信骗入未央宫，安个罪名，把韩信杀了。因此留下两句话："成也萧何，败也萧何"。

三、韩信分油

大伙都说韩信韩大人了不起。话说，这位管粮食的韩大人管了点闲事。有两个人做买卖的，合伙卖油。这天要散伙，还剩十斤油在油篓里，两人怎么分也分不匀，差点没打起来。

为啥分不匀呢？因为没有秤，只有一个能装七斤的瓶子和一个能装三斤的提篓。油篓是粗的，瓶子是细长的，怎么也分不匀。就是这个时候，韩信过来了，说："你俩别吵吵，我来给你们分。"韩信就用这三样东西把油分成两份，每份五斤。大伙都挑起大拇指，齐声叫好。

他从篓里打了两提，倒进瓶子里，又打一提，跟大伙说："现在这瓶里是六斤油了，我手里是三斤。这瓶装满是七斤，咱们把它灌满。这样提里还剩二斤。咱们再把瓶里的七斤，倒回篓里，把手提里的二斤倒进瓶里，再用提打个三斤，倒瓶里。这样，篓里、瓶里都是五斤。"

四、韩信发明了象棋

象棋是中国传统棋种，它的来历传说不一，流传最广的说法是始创于西汉统率百万大军的韩信。

刘邦统一西汉王朝后，屡建战功的大将韩信被吕后诱捕入狱。韩信自知寿命快到头了，就打算在狱中写一本兵书传给后人。不料这事被吕后知道，就下了一道懿旨，说他身为犯官，不能擅看兵书。韩信悲愤难忍，仰天长叹道："这个婆娘太狠毒了！不但要本王的命，连本王的名也要除掉啊！"当时有个狱卒听到他这句话后，跪在韩信面前说："王爷！你就把用兵之法传给小人吧！"韩信苦笑了一声说："本王若不知用兵之道，也不会落到今天这个下场。如今悔之晚矣，怎么能再连累你遭受杀身之祸呢？"狱卒再三恳求，韩信只是不允。

一天，这个狱卒给韩信送饭时，眼里的泪花直打转转，好像有啥事要对韩信说，又忍住了。韩信一看他的神色，便感到不妙，就问狱卒："大哥，那个婆娘是不是要对我下毒手了？"狱卒忍不住哭出声来。韩信大笑道："打完兔子杀猎犬，射尽飞鸟折良弓嘛！从古至今都是这样，没啥可怕的。"说罢，叫狱卒坐下。韩信取来一根筷子，在地上画了个方框，又在框中画了一条"界河"，河中写了"楚河""汉界"四个字。接着又在河界两边各画了三十二个小格，并说："本王今年刚好三十六岁，一生助汉灭楚，屡立大功，到头来却死在一个女人手里。你平时对我百般照料，今生今世我再没机会报答你了，就把生平所学的奇术传给你吧。"他说着叫狱卒取来纸笔，把纸裁成三十二个小块，布在方框内界河两方。一面的十六块纸片各写着帅、仕、相、车、马、炮、兵等字，另一面的十六块纸片上写着将、士、象、车、马、炮、卒等字。

摆好后，韩信边移动纸片边告诉狱卒："这个方框就是千军万马的大战场，两面各代表一方的军力。用兵之道，贵在主帅多谋善变、通盘筹划、奇妙配合，以不变应万变……"并具体地教狱卒如何跳马、出兵等。狱卒边点头边称赞："奇！王爷真是个奇人啊！"

从那天起，韩信每天都和这个狱卒守着方框（棋盘）研究兵法。不久，韩信被吕后杀死，那个狱卒也逃走了。他躲藏在一个深山里，搭了间草棚，开荒种地，全家人自耕自食，一有空闲，就专心研究韩信授给他的奇术。因纸片易烂，就换成了扁圆形小木头坨儿，为好区别又染成红黑两色。又据"奇"的谐音，把"奇"叫作"棋"，还写了一本《棋谱》传给了他的儿子。后人认为棋虽可布阵，但不是真的两军作战，只是一种象征，所以称它为"象棋"。

中国象棋棋法变幻莫测，每个棋子走法自有章法，马走日，象走田，小兵一去不复还。将（帅）、士（仕）只能在米字格内移动，好比皇宫。车马炮有不同本领，好比两军对垒。中国象棋传到很多国家，连美国人也爱下中国象棋。

《三国》人物的传说（三则）

一、诸葛亮招亲

东汉末年的诸葛亮，字孔明，人称"卧龙先生"。他二十五岁时，还没成亲，有人给他介绍个对象，是黄承彦的女儿黄桂英。黄老原先在朝为官，后来告老还乡，每天在家不是读书，就是会友，他女儿这年也二十多岁了。那时候姑娘十六七岁就要嫁人，超过二十岁还没嫁婆家，就困难了。诸葛亮听说这个姑娘貌丑手巧，想亲自看看再说。这一天上午，他去拜见黄老先生，刚一进院，忽听狗叫，低头一看，原来是一只木头狗，和真狗一般大。黄老先生听见木头狗叫声，知道是来了客人，出了房门，来到木狗身后，用手一拉狗尾巴，狗就站住不叫了。诸葛亮上前施礼，黄老把他让到上房东间，主客二人落座，黄老吩咐一声："丫鬟上茶！"门帘一挑，走进来一个端茶送水的丫鬟，上身穿红，下身穿绿，一双大脚，穿着一双大花鞋，仔细一看，原来是个木头人。诸葛亮说："黄老先生，你家院中有木犬守门，屋中有木人奉茶，太好了，不知这木人木犬，都是谁造出来的？"

黄老说："这都是小女桂英的游戏之作，让你见笑了。"

诸葛亮说："小姐的手太巧了。"

黄老说："你是听说小女貌丑手巧吧？常言说丑妻近地家中宝，我唤出小女，你来看看。"说罢，命木头丫鬟请小姐来。

不多一会儿，黄小姐来了。黄老叫她见过孔明先生，诸葛亮一看，这个姑娘，中等身材，五官端正，一点也不丑，就是脸蛋太黑，是黑中透红，红中透亮，一双大眼睛，很有神。原来这个黄小姐，可不是大门不出、二门不迈的大家闺秀，而是上炕剪子下炕刀，啥活都会干。有时候还在后院种地锄草，上山去砍树破木头，拉回家来，做了不少木狗木猫，十分好玩，这姑娘经过风吹日晒，脸当然要黑了。用现代的话说，就是"劳动美"。可是她是黄老的女儿，就

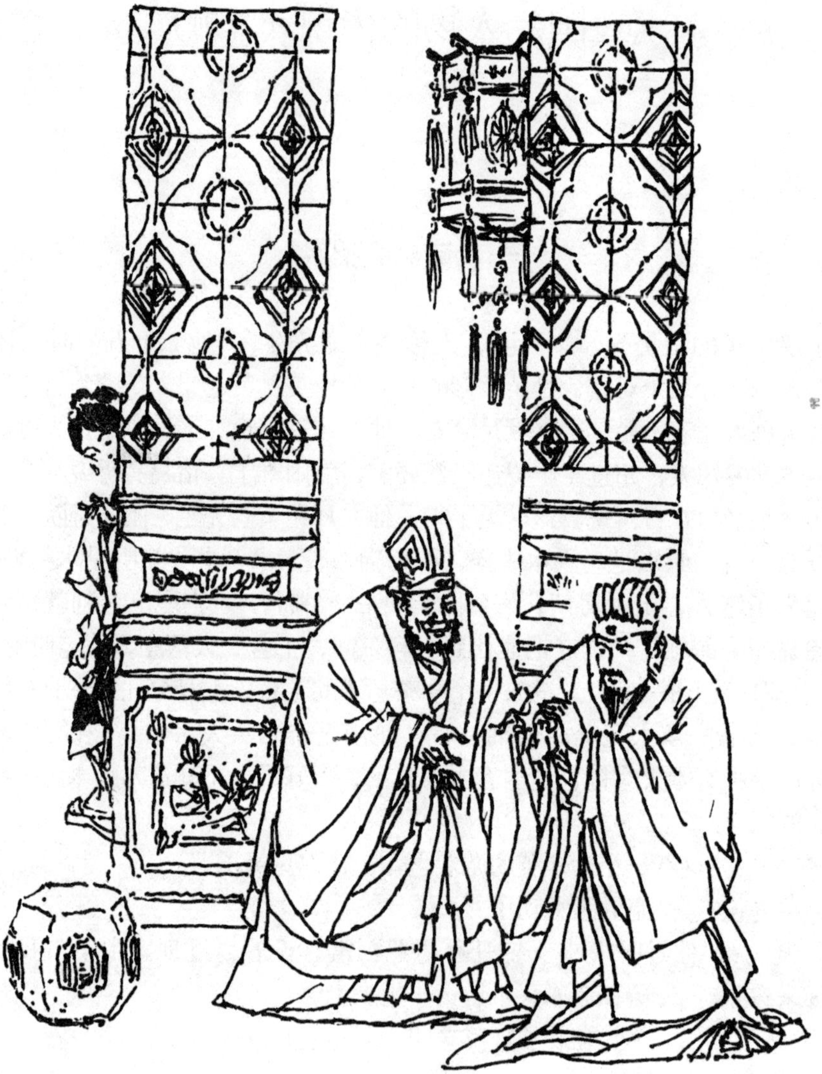

是退休老干部的女儿。一般农民不敢去提亲，门不当，户不对。而富家子弟，都喜欢桃花粉面的美貌佳人。把她视为丑女，不想娶她，因此，这黄姑娘才二十出头尚未结婚。

诸葛亮看中了黄桂英，找来媒人，送去彩礼，不久就与黄姑娘成亲了。黄桂英过门后，成了诸葛亮的贤内助。小说《三国演义》中，诸葛亮命人造过木牛流马，为蜀兵押粮运草。其实木牛流马的发明者，就是诸葛亮的夫人黄桂英。

（注：黄桂英，《三国演义》中有姓无名，二人转《黄老打犬》中叫黄金蝉。）

二、关公的大刀

刘、关、张兄弟三人桃园结义后，要一起去投军报国，可是没有应手的兵刃，就一同去找一家铁匠炉来造兵刃。刘备要打一对宝剑，张飞要打一根丈八长矛，关羽要打一杆大长刀。

再说四个铁匠一连打了大半宿，把三件兵刃造好，放在院里，才去眯瞪一觉。等醒来一看，不知啥时候有一条小青蛇爬到那把刚打好还没凉透的大刀片上，叫热钢一烫，弯弯曲曲地死了，张嘴还吐了一口血。老铁匠把死蛇磕掉，刀片上还有小蛇爬过的印，像特意刻上的一样。

关羽来取刀，听铁匠一说，哈哈大笑，说："好！青蛇落刀，口吐红光，就叫它青龙偃月刀吧！"青龙偃月刀就是这么来的。后来关公斩华雄、挑征袍、斩颜良、诛文丑、过五关斩六将、战长沙、取襄阳都全靠他的青龙偃月刀呢。

关公死后成神，被清朝皇帝封为协天大帝。

每到五月十三，天常下雨，人们说这是关老爷磨刀呢。这里也有个传说。

当初刘备借荆州，借了多年也不还。东吴定了一计，派黄文下书，请关公过江来赴宴。关公要去赴宴，得带上那杆青龙偃月刀哇。可是多年没用，这刀生了一层锈。关公挺生气，问周仓："你怎么不常磨磨刀？"

周仓说："老爷，你过去对我说过，这杆青龙偃月刀，当年有青蛇爬过，是宝刀，必须用雨水来磨。如今荆州大旱三年没下雨，我也没本领上天去取雨水呀！"

关公一听也是这个理，忙对天说："今日俺关某要往江东赴宴，请龙王助我关羽。搬来天河水，下一场透雨吧！"

说来也巧，这天正午还真下了一场大雨。周仓把青龙偃月刀磨得闪闪发光。关公单刀赴会留下美名。从此，就传开了"大旱不过五月十三"这句话，因为这是关老爷磨刀的日子。

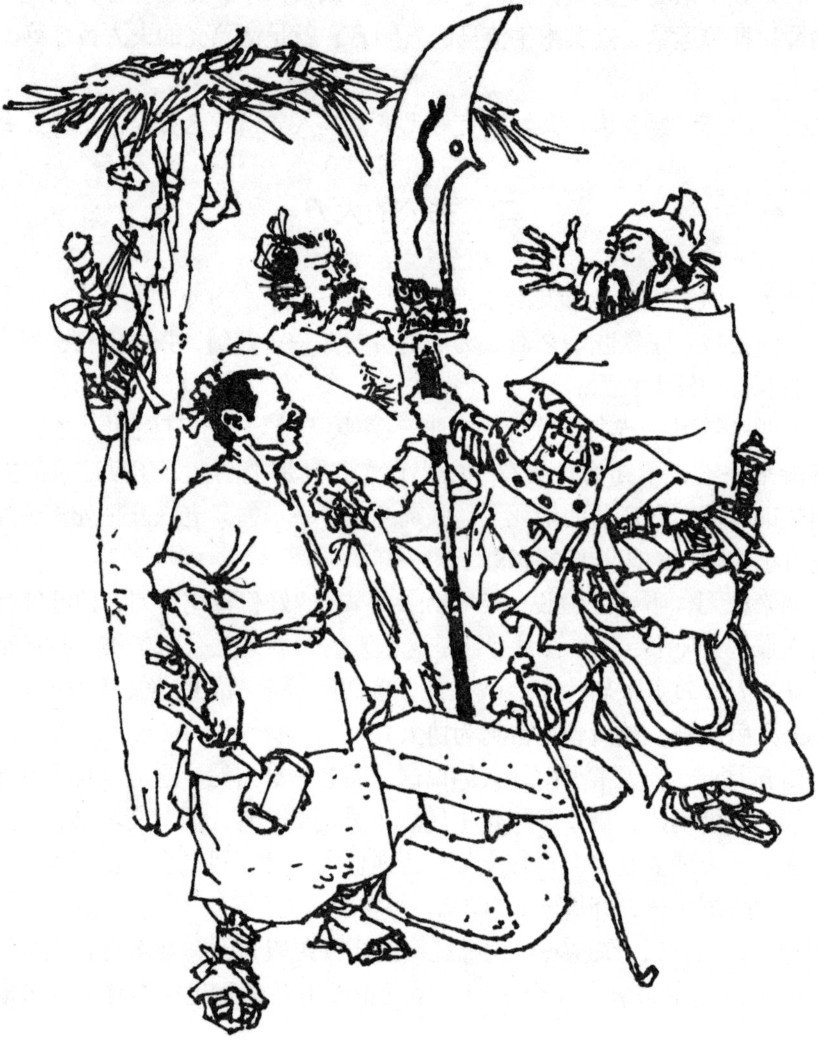

三、张飞审瓜

人们都知道三国时的张飞是一员猛将，很少人知道这个猛将张飞还是一位粗中见细、断案如神的清官。

刘备入西川后，军师诸葛亮为了让张飞有个锻炼的机会，把他"下放"到基层，在一个县里当半年知县。张飞到任以后，就出了放告牌，欢迎有冤情的老百姓来申冤告状。可是一连三天，也没人告状，张飞没事干，在县衙后花园饮酒，他看见两只蝴蝶飞过来，用手一扑，又飞了。气得老张操起丈八长矛去追两只蝴蝶。这时候忽听前边有人击鼓，张飞急忙吩咐升堂，坐在上面，叫差人带击鼓人上堂。

来的二男一女，一个男的有三十多岁，穿得挺阔，像个富家公子。另一个男人有四十多岁，抱着西瓜。那个女的二十多岁，怀里还抱个婴儿，穿一身蓝衣蓝裤，是个农妇打扮。

张飞问道："你们三人为何击鼓？报上名来！"

女的刚要说，那男的抢先说："回禀大人，我叫姚德富，今天上我家瓜园去看瓜，这个女人偷了我三个西瓜。她转身就跑，叫我追上当场抓住，人证物证俱全，请老爷为我做主。"

女的说："我叫李玉梅，今天抱孩子回娘家，路过他家瓜园。这小子从瓜棚出来，上前调戏我，因为我不从，还打了他一个嘴巴，他就诬告我是偷瓜贼。其实我连一个西瓜也没偷。"

另一个男的说："我是地保，姚财主说得对，我是证人。"

张飞听罢，说道："李玉梅偷瓜有罪，罚你给姚德富家看守三天瓜园。"

李玉梅心中不服，气得说不出话来，姚德富说："谢老爷明断，小人没别的报答大人，这三个西瓜就送给老爷吃吧。"

张飞把惊堂木一拍说："本官我从来不收礼，你快把三个大西瓜都抱回去。"

这个姚德富一听，只好去抱西瓜，可是他抱起这个，那个滚了，好容易抱起两个西瓜，还剩下一个，连腰也不能哈了，那个地保来帮忙。张飞大喝一声："住手！大胆的姚德富，你一个大男人，空手都抱不了三个大西瓜，她一个妇女，又抱着吃奶的孩子，怎么能偷你三个大西瓜呢？分明是你调戏她不成反倒状告她是贼。"

姚德富一听，只好低头认罪了，张飞宣判："打姚德富四十大板，罚十两白银，给李玉梅赔偿。地保做假证，更是可恨，枷号三个月，每天在衙门前站两个时辰。"张飞粗中有细，老百姓都夸他是位清官。

（据同名二人转整理。）

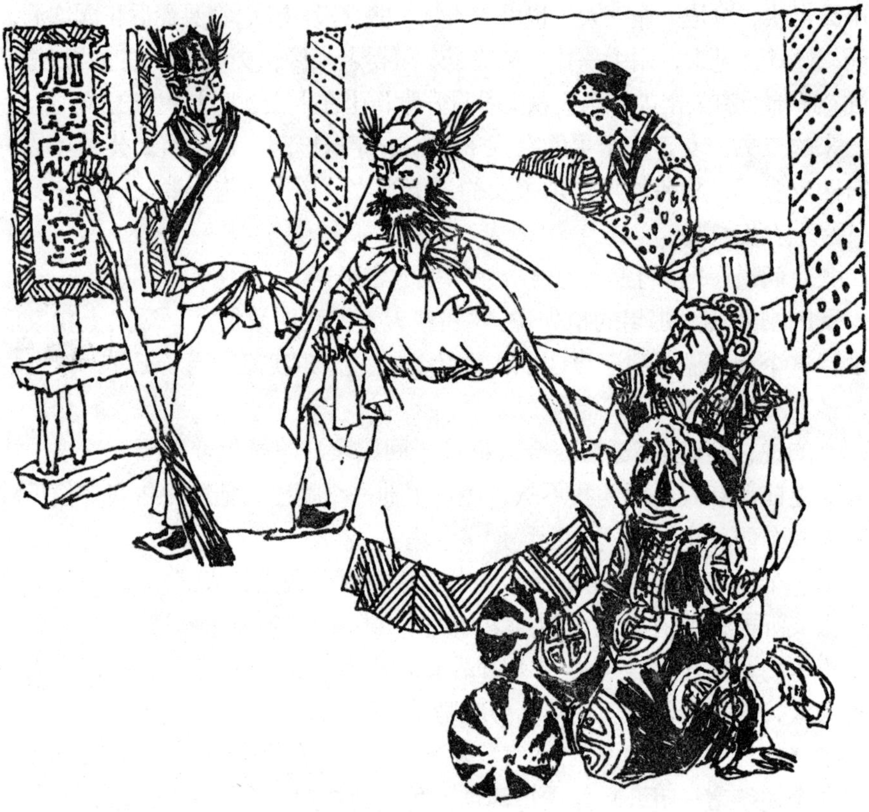

《西游记》外传

我讲个孙猴西天见如来的故事，跟《西游记》书上写的可不一样。

在早，有一个唐员外，老两口有一个小儿子，取名叫唐生。有一年四月十八娘娘庙会，唐员外老两口去逛庙会，老太太抱着三岁的唐生，一路上看这看那，好不热闹。冷不丁看见一个耍大马猴儿的。唐生看这猴一会儿装弯腰拄棍的老头儿，一会儿演扭扭捏捏的小媳妇，非要买这个马猴儿回家玩不可，不买就哭。唐员外没办法，就跟这个耍马猴儿的商量："你把这个马猴儿卖给我吧！我多给你几个钱，你再买个新猴儿驯养。"耍猴儿的说："这个马猴儿跟我老孙头儿多年了，我舍不得卖，员外实在要，就送给你吧。你今后就叫它孙猴儿，让它不忘我驯养它一回就行了。"唐员外不肯白收，就送给老孙头五十两银子，把孙猴儿领家来了。这孙猴儿真灵，啥活儿一看就会，它除了每天跟唐生玩以外，还常帮马倌喂马铡草。

一晃二年多了。有一天半夜马棚起了火，这火越烧越大。孙猴儿看势不好，背起唐生就跑。唐家烧得片瓦不存，老两口全烧死了。这孩子一件衣裳也没穿出来，浑身上下无根线。孙猴儿一看，路边一家洗衣绳上晾着几件小孩衣裳，它乘人不在，偷来给唐生穿上。后来孙猴儿就帮人家干活，打短工，当长工，来养活小唐生。

唐生一年比一年大，孙猴儿还教了他一身武艺。

一晃十五年过去了，唐生已经是二十岁的小伙子了，也给人家当长工，还没有娶上媳妇。孙猴儿想给他认门亲，总是没找到合适的。后来，它听说西天有个如来佛，大慈大悲，普度众生，就想去求他帮帮忙。

这天它跟唐生一说，唐生舍不得它走。孙猴儿立志非去不可，唐生只好让它去了。唐生送出十里开外，嘱咐它不管见没见到西天如来，都要早去早归，这才含着眼泪回去了。

孙猴儿单身一人上路了，它翻过了一山又一山，跨过了一水又一水，这天在一个小河边遇见个白胡子老头。老头儿问它上哪去，它说上西天去见如来佛。老头儿说:"你见到如来佛,替我问一件事,我有个闺女,十八岁了,成天头不梳、脸不洗,是个疯姑娘,问问如来佛怎么能治好。"孙猴儿答应他一定办到,就又往前赶路了。

它来到一条大河边,见河水滔滔,没有桥也没有船,正愁过不去。这时,河里浮出一个大乌龟,问它上哪去。它说上西天去找如来佛。大龟说:"我驮你过河,你见了如来佛,替我问件事:我修炼多年,什么时候能成仙升天。"孙猴儿说:"好,我一定办到!"它坐在乌龟的背上,过了河,又往西天去了。孙猴儿走了九九八十一天,才来到西天,见到了如来佛。如来佛说:"我知道你见我要问三件事,可是我这有个规矩,只许问一、问二,不许再三再四。你只能问我两件事,问什么你说吧!"孙猴儿一想,我答应人家的事不能失信,就说:"一个老头儿的闺女疯了,头不梳脸不洗,怎么才能治好?"

如来佛说:"你告诉那老头儿,他姑娘头上有三根红头发,拔下来就好了。"

孙猴儿说:"大乌龟问修炼多年,啥时候能成仙升天。"

如来佛说:"你告诉它,把嘴里含的那个夜明珠吐出来,就能得道升天了。"

孙猴儿一一记下。自己想问唐生娶媳妇的事,也不能问了,就回来了。

它回来路过大河,大乌龟问它:"孙猴儿,你见到如来佛了吗?"

"见到了。"

"我托你问的事,你问了吗?"

"问了,如来佛说你把嘴里的夜明珠吐出来,就能得道升天了!"

大龟一听,说:"好吧。"它把孙猴儿驮过岸,吐出了夜明珠,送给了孙猴儿,就变成人形,驾云升天去了。

孙猴儿走了几天,又来到那个白胡子老头儿家,老头儿问:"你见到如来佛,我的事问没问?"

"问了,如来佛说,你闺女头上有三根红头发,拔下来就能好。"

老头伸手把姑娘头发扒开一看,果真有三根红头发,就拔了下来。姑娘害羞地转身跑去,到河边洗好脸,梳好头,又换了一身新衣裳,马上变成个又水灵又漂亮的大闺女。

老头儿又问:"你自己的事怎么样了?"

孙猴儿说:"如来佛那里问一问二不问三,我自己要问的事没能开口。"

老头说:"你看我闺女怎么样?若不嫌丑,就托你为媒,许配给唐生吧!"

孙猴儿一听,说:"太好了,这姑娘配唐生真是天生一对。我这有个夜明珠,就算定礼吧!"老头儿说:"好,我先收下。我没别的给唐生,这三根红头发,是我女儿身上之物,就交给他做定亲之物吧!"

孙猴儿回来,见了唐生,把路上经过一说,又拿出了三根红头发给他。第二天，孙猴儿领着唐生来到他丈人家，唐生和那姑娘一见面，双方都乐意。依着老头儿马上就选择良辰吉日叫他们拜堂成亲。唐生想先带着夜明珠进京献宝，全家都同意。唐生就起身进京，皇上得到宝物很高兴，封他为进宝状元。唐生夸官三日，才回家完婚。婚后，小夫妻挺和美。唐生把孙猴儿当成大恩人，叫它养老享福。它不肯干，就叫它管马，可能《西游记》里的"弼马温"就是搁这引起的。

后来，唐生靠一身武艺带兵打仗，立了不少战功，那个孙猴儿跟了他一辈子。也有人说他们最终都成佛升天了。

（原载吉林省《民间故事》。）

唐代人物的传说（二则）

一、薛仁贵与薛丁山

薛仁贵，又名薛礼，绛州龙门（今山西河津）人。太宗时，应募从军，因战功升为右领将军中郎将。他带兵战胜铁勒于天山（今杭爱山），军中有"将军三箭定天山"之歌。后被封为平阳郡公。其子名叫薛达。传说中薛礼是白虎星临凡。他娶妻柳银环，又名柳迎春。薛礼征东，上阵爱穿白袍，人称"薛白袍"。十二年后得胜还朝，被封为平辽王。他回家山西龙门县汾河湾去探亲，在村外看见一个十几岁的男孩拉弓射箭，一箭双雕，打落两只大雁。突然山上出来一只猛虎，薛礼为救少年，想箭射猛虎，不料错伤少年，心中后悔不已。他回家后见到久别的贤妻，才知道误伤的少年，正是自己没见过面的儿子薛丁山。

原来薛丁山是被云蒙山上的王禅老祖所救，传授武艺。后来薛礼挂帅征西时，王禅老祖命徒儿薛丁山下山去随父上阵。有一次薛礼带兵攻打白虎关，与番将杨凡交战，二人打得难解难分，薛礼一急之下头上真魂出窍，是一只白虎。他儿子薛丁山怕老虎伤了父帅，一箭射去，反而使薛礼阵亡归天。旧评书中这些情节叫"父子射虎，一报还一报"。因涉及迷信因果报应，中华人民共和国成立后的整理本做了改动，如陈青远说白虎关这回书时，是薛丁山一箭射中番将杨凡，杨凡拔下箭来，一使劲扎入薛礼咽喉，薛礼才当场阵亡的。

（注：在辽宁省各地关于唐王征东、薛礼立功的传说很多，辽南、辽东的火车站名中，有海城市附近的"唐王山站"、凤城市附近的"薛礼站"等。瓦房店附近的得利寺镇，也是因薛礼当年在此获得胜利而修建的得利寺，原庙已废，地名尚存。）

二、薛平贵的传说

过去有一出戏叫《红鬃烈马》，是薛平贵与王宝钏官妻破镜重圆的故事。全戏包括《花园赠钗》《彩球记》《三击掌》《平贵别窑》《母女会》《鸿雁捎书》《武家坡》和《大登殿》八出折子戏，也叫"王八出"。其实，加上《平贵驯马》《西凉招亲》《赶三关》《探窑》等，还不只八出。薛平贵本来是个贫夫，投军征西凉，当了驸马，最后，唐王驾崩，他当了皇帝。但是，查查历史，却没有这么一朝一帝。原来，他只当了十八天皇帝。为什么就坐了十八天天下呢？这得从他的前世说起。

薛平贵的前世是个穷秀才，进京赶考，在深山老峪里遇见了仙女，二人成了亲。这一天，夫妻俩在山上游玩，见前面有一条小河，河对岸的山上长了一棵歪脖子小桃树，树上结满了仙桃，叫风一吹，香气扑鼻。

仙女说："郎君，我想吃仙桃，你给我去摘两个来！"

秀才见小河不宽，水可挺急，一步跨不过去。抬头看看，一棵树枝伸向这边，正好结了两个桃，跷起脚，伸伸手够不着。他搬来了一块大石头，站在石头上就够树枝，还是够不着。往起一跳高，扑通一声掉进河里，心想：这回算完了！等他睁眼一看，自己已经摘下了两个桃，还站在河边上，心中奇怪。这两个仙桃二人分吃了，秀才边走边吃桃，只见河水里上游冲下来一个尸首。说："娘子，你看，有淹死的了。"

仙女说："郎君你仔细看看那是谁？"

秀才低头一看："啊！这人怎么是我呀？"

仙女说："对，正是你，你已经尸解成仙了。"

从此，秀才就成了神仙。不久，正赶上三月三王母娘娘蟠桃会，夫妻俩上天庭去赴会。秀才喝醉了酒，独自一个人出来溜达，见到一群孩子吵吵闹闹，你推我让，有个黄金印，谁也不要。

秀才忙问："小孩，你们吵什么？"

一个小孩说："玉皇大帝叫我们十二个仙童去一个人下界当皇帝去，谁也不爱去。"

秀才说："当皇帝还不好？你们真傻！"

"好，你爱去你去吧！"小孩说着把黄金印——玉玺推给了他。秀才捧着玉玺愣住了，这时候，仙女赶来了，打个"咳"声说："你呀！你呀！凡心还未了，你去当乱世皇帝，我还得跟你遭十八年罪！"

秀才一听，后悔也晚了。夫妻俩就下凡投胎，秀才托生了薛平贵，仙女托生了王宝钏。果然，薛平贵去投军征西凉，王宝钏在寒窑受了十八年苦。后来，王宝钏叫鸿雁传书，薛平贵逃出西凉国，赶回武家坡，夫妻才团圆。不久，唐王驾崩，薛平贵当了皇帝，心想：王宝钏受了十八年苦，这回得让她多享几年福。他们天天吃饺子，放鞭炮过年，本来十八年的天下，十八天就过完了。这天天上笙鼓齐鸣，夫妻二人双双驾云归天了。因为薛平贵只当了十八天皇上，还不够一年，所以历史上没有这一朝一代。不过，他们的故事，却被后人编成了戏，一直流传到今天。人们常说："你十八年都等了，就等不了十八天？"就是指他们这段故事说的。

（耿长荣讲述。）

赵匡胤的传说（二则）

一、赵匡胤龙口葬先人

传说赵匡胤十几岁时，就在杨员外家当用人。有个风水先生说后山的石洞是个风水宝地。石洞里有水，水里有一条龙，谁家的先人尸骨葬入龙口，他家的后代就能当上皇帝。杨员外听说后，就命赵匡胤带着老杨家先人的尸骨去龙口安葬。赵匡胤留了个心眼儿，他偷偷把自家先人的尸骨也用黄布包上，带去了。他进了山洞，走了有半里多地，果然看见有一条河，河里有一条金龙张牙舞爪。他把老杨家尸骨挂在龙角之上。可是那条龙的大嘴一张一合，自家先人尸骨的包袱，塞了几次也塞不进龙口里。这时候河水上游漂下来一根柴木棒，他一把抓过来，把龙口给支住，合不上了，这才把包袱塞进了龙口。

后来，赵匡胤当上后周的大将，陈桥兵变，黄袍加身，果真做了大宋朝的开国皇帝。因为老杨家先人的尸骨挂在龙角之上，所以杨家将就世世代代成为赵氏王朝的挂甲将军。又因为柴木棒先进龙口，所以柴荣父子也当过皇帝。赵匡胤不忘柴木棒之恩，大宋朝册封柴家后代子子孙孙都是柴王，旧评鼓书《炎宋兴》中有这迷信的传说，后来的整理本都删去了这段荒诞的情节。

二、赵匡胤下棋输华山

传说赵匡胤十八岁那年，离家出走，想上娘舅家去。半路上来到西岳华山脚下，在小店中喝酒后来逛华山，他走到半山腰上看见有两个老头儿下象棋。这棋盘是刻在一块大白石头面上，那棋子全是玉石所做，光滑无比。左边坐的一位白胡子老头儿下的是红棋，右边坐的黑胡子老头儿下的是黑棋。传说这白胡子老头儿就是寿高八百的彭祖，那黑胡子老头儿就是在华山修道成仙的陈抟老祖。当时赵匡胤不认识这两位仙人。他本来也爱好下象棋，今天见二位老人在半山腰上下棋，他就在旁边观看。他一边看还一边出着，一会儿叫红棋跳马，一会儿叫黑棋出车。彭祖听得不耐烦了，摇头说："这位红脸汉子你别乱说话，你看看这棋盘的河界上写的是什么？"赵匡胤闻听，仔细一看，河界上的两句话是："观棋不语真君子，看着多言是小人。"他赶忙道歉说："对不起，二位老人家，你们俩下吧，我在一边观看，一句话也不说。"可是过了一会儿，他又憋不住了。他看那位白胡子老头儿手拿一个红炮，举棋不定。他嘴里没说，可是又摇头又摆手。白胡子老头儿没看见，他急得去拉人家衣裳。彭祖说："你拉我干什么？你的棋术高明，今天这棋我不下了，你们俩下吧。"彭祖说完走了。赵匡胤也不客气，坐下来就要与黑胡子老头儿来接着下这盘棋。陈抟老祖说："你这红脸汉子，真想跟我下棋吗？如果真心想下，咱们连下三盘得赌个输赢。"赵匡胤说："赌什么？"陈抟老祖说："就赌这座华山吧，你输了就把华山给我。"赵匡胤说："行。"心想，华山那么大，他也搬不走。二人连下三盘棋，赵匡胤都输了。再看那老头儿，说一声："你说话要算话，不许反悔！"就走了。

后来赵匡胤当上了大宋皇帝，做了一梦，梦中陈抟老祖来要华山。第二天赵匡胤上朝，他就把西岳华山封给了陈抟老祖。

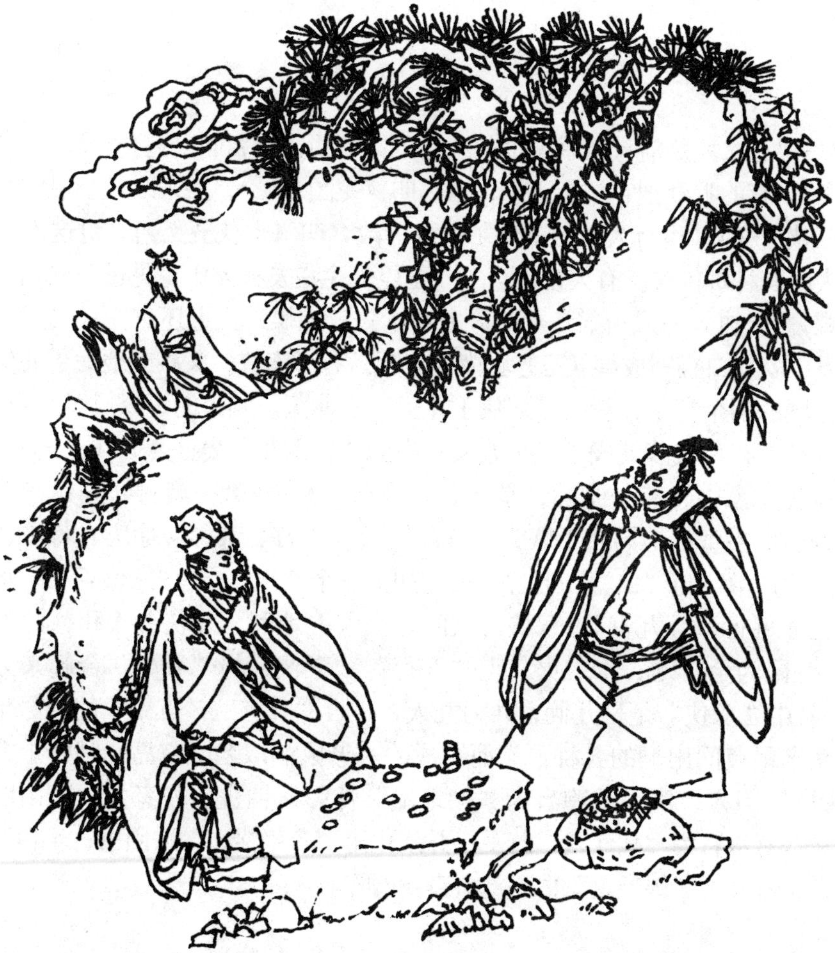

《三侠五义》人名的由来

《三侠五义》是清代北京说书艺人石玉昆编的，原名叫《包公案》，又名《龙图公案》。有的听众把它记录下来，取名叫《龙图耳录》，后来改成小说出版，名叫《三侠五义》（也有人把此书做了修改，改名叫《七侠五义》）。对这本书，说书艺人中有种种传说。有人说，当年石玉昆先生在友人家中，见过一幅画《狸猫捕蝴蝶》。上边画一只白猫在菊花旁去捕了一只蝴蝶，天上还有一只飞燕。他受到启发，就将白猫写成御（玉）猫南侠展昭。有了南侠，又相应地写了北侠欧阳春；挂画的两个钉子，就成了双侠丁兆兰、丁兆蕙。画上的蝴蝶成了"花蝴蝶"花冲，那菊花和飞燕就成了《小五义》中的"白菊花"晏（燕）飞。还有人说，石玉昆先生家中也有一张画，是《五鼠偷葡萄》。两旁一副对联是：恭敬绵长远；方彰庆平堂。他照此下联为"五鼠"取名卢方、韩彰、徐庆、蒋平、白玉堂。因"白堂"与"白糖"谐音，故此加上一个"玉"字。"三侠五义"加起来是"三才五行八卦九宫"。双侠占天时，南侠占地利，北侠占人和，此为"三才"；五鼠为金、木、水、火、土"五行"。"三侠"与"五义"合起来为"八卦"，其中"双侠"是哥儿俩，共为九人，正合"九宫"。"五鼠"的绰号是石玉昆观察老鼠夜间出洞的各种形态而写成的。老鼠洞取名陷空岛，爬杆上棚者为"钻天鼠"卢方；满地乱跑者为"彻地鼠"韩彰；钻进山墙者为"穿山鼠"徐庆；贪食落水者为"翻江鼠"蒋平，并演化出"蒋平捞印"一回书；小白鼠进了耗子笼，就成了"锦毛鼠"白玉堂命丧铜网阵。

（程秉权讲述。）

包公的传说（三则）

一、包公吊孝

包公铡了犯法的侄儿包勉，亲自去给恩嫂赔情，还为她修了养老宫，留下了"老嫂比母"这句俗话。人人都夸包公不仅是个清官，还是个孝子。

这一天，包公接到家书一封，说恩嫂病故，马上向皇上请假，回家奔丧。包公披麻戴孝，到家一看，寿材停在二堂，灵牌上写着"包门王氏凤英夫人之位"。包公一见灵牌，跪下放声大哭，他打从小恩嫂扶养说起，说到少年深夜读书，恩嫂添油拨灯，当年进京赶考，恩嫂深明大义。铁面无私的包大人，今天哭成了泪人。他哭着说："恩嫂，你比我亲娘还亲十分，您的大恩终生难报。实指望您在养老宫内欢度晚年，不料今天离开人世，我要请僧道为您超度亡魂，望恩嫂英灵早登仙界。让我打开棺椁再看您一眼吧！再要看您除非在梦里。"包公刚要叫人撕开棺材盖，忽听里边喊了一声："三弟呀，别哭了，快搀我来！"

包公吓了一跳，莫非恩嫂死而复生了？

打开棺材盖一看，嫂嫂王凤英已经坐了起来。包公说："哎呀，感谢苍天，嫂嫂活转过来了！"王凤英走出棺材说："三弟，不要害怕，我本来就没死。"包公说："嫂嫂没死？怎么进了棺材？"

原来是包公赔情时，答应在嫂嫂堂前尽孝：嫂嫂有病，他亲自煎汤熬药；嫂嫂下世，他披麻戴孝，亲自抬灵入葬。从此，王凤英见三弟对自己确实处处关心，可不知我死后，他能不能说到做到，就假报死信，自己躺在棺材里，暗中留有通风口，她在里边观察真情，今天一见包公如此，这才放心。王凤英说："我早知你如此尽孝，万不该假报死信，试探于你。"包公说："嫂嫂试探小弟事小，可是我来已经跟万岁请假了，万岁还要派八贤王和文武朝臣来家吊灵，我这欺君之罪事大，这可怎么好？"王凤英说："事由我起，你别着急。有了你这清官的三弟，我死也甘心。我现在还躺在棺材里，你把我活埋了吧，我今年已经六十花甲，也不算短寿了。"包公说："这可使不得，皇帝怪罪，由我一人承担，嫂嫂快快进屋休养贵体吧。"王凤英知道欺君罪大，一心要寻死，她一头向墙上撞去。包公一把扶住，说："有了，嫂嫂何不藏在夹壁墙内，我每日派人侍奉，先瞒过八贤王和文武朝臣，等日久再说。"家人也一齐劝说，王凤英只好藏到夹壁墙内，包公这才把空棺材葬入祖坟，请假在坟前守孝一年。

这事传出来，有人说王凤英带气进了棺材，才传出了"六十岁不死活埋"这句俗话。

二、五鼠闹东京

包公回家办"丧事"，东京皇宫里就出了一宗怪事。有五个千年老鼠成了精，变化人形，到处作妖，闹得宫中日夜不安。皇帝请了不少法师道长，也治不住。这五鼠甚至变成包公和王朝、马汉、张龙、赵虎，大闹开封府，败坏包公的名声。

皇帝传下旨意，要包公速回京捉妖。包公临行，到夹壁墙里去见嫂嫂，说："这五鼠闹得东京乌烟瘴气，我犯愁无法降妖捉怪，很是为难。"王凤英说："不难。老鼠最怕猫。听说这东南玉皇山玉皇阁中有一只千年神猫。你何不去求玉皇，借来神猫，到宫中捉鼠？"包公一听有理，就亲自到玉皇阁焚香祷告，求借神猫一用。晚上宿在庙中，半夜醒来，果真有一只三尺长的大狸猫卧在身边。包公把它带在袖中，乘轿连夜进京，见过皇帝，晚上住在宫中。五鼠变成假包公和王、马、张、赵四校尉，来找包公胡闹，包公放出袖内神猫，五鼠现了原形。大狸猫四只爪，一只抓住一个老鼠，嘴里还叼一个大母耗子。这时皇帝说："好个神猫，朕封你为御猫，留在宫中吧！"连说三遍，猫也不答话，光是两眼望着皇帝。包公说："神猫啊，万岁封你为御猫，你为何还不谢恩？"神猫无奈一张嘴，那个大母耗子跑出宫墙外，后来生下小老鼠，在民间为害。这神猫的后代也到了民间，天天夜里捉拿老鼠。白天吃饱了在锅台后边闭目养神，打起呼噜来，你细听，它原来说的是："包老爷糊涂！包老爷糊涂！"

看来，包公也是精明一世，糊涂一时。

三、为什么包公只有一个

包公为官清正，但他也有不顺心的事。包公只有一个儿子，还不听话，从小就爱犟嘴，你叫他上东，他偏上西；你叫他打狗，他偏要骂鸡。

包公临终时对他儿子说："我死之后，不要大操办，也不要买什么棺材。咱

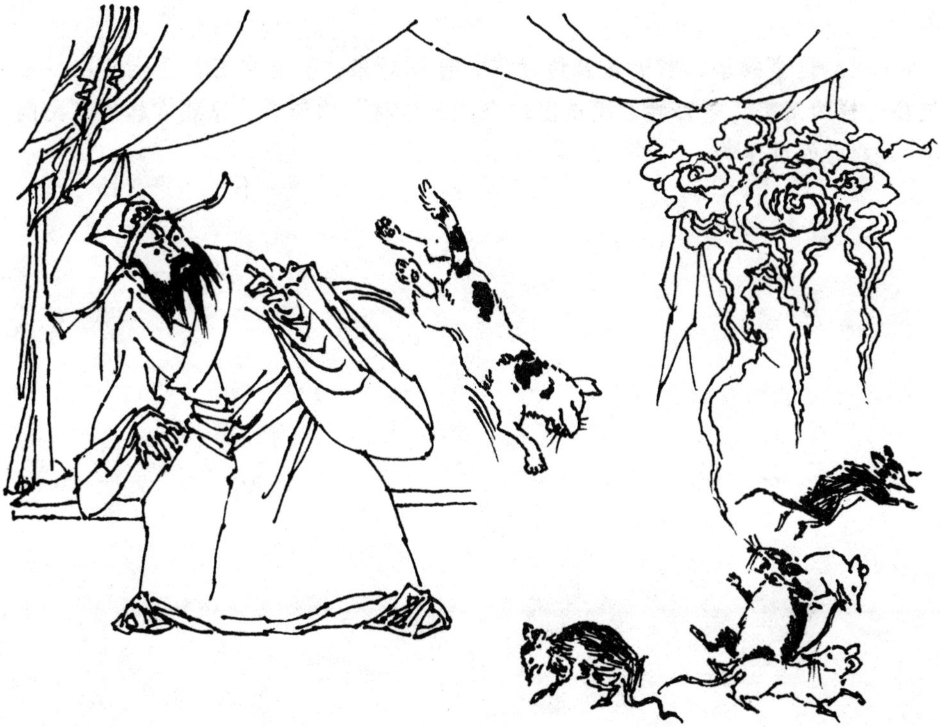

家有两口大瓷缸，多年没用，我死后，你把我装在缸里，两缸口一合，用锔子锔上，石灰一抹就行。我包家子孙，都要清正无私，不听我遗言者，死后不能入包家祖坟。"说完闭目去世了。包公的儿子一想：我一辈子没听我爹的话，这回他老人家归天了，我得照他的话办，他果真丧事从简，用两口大缸代替棺材，安葬了包公。

因为缸口锔得死，石灰抹得严，包公尸体万年不烂，可是灵魂也出不来，不能转世了。所以，包公这样的清官，只有一个，后世再也没出第二个"包公"。

（注：这个故事，初听是宣传迷信，仔细想来，真是在旧社会生活中很难有包公这样的清官，老百姓才编造出这个"缸棺材"的传说。原载吉林省《民间故事》。刘乃好讲述。）

杨家将的传说（四则）

一、六郎碑与点将台

宋真宗时，保州的巡检使杨延昭，在遂城（今河北保定市徐水区）一带抗击辽兵，一次伏兵于羊山之西，宋辽交战，一直打到山西境内，大败辽兵，俘其主将，杨延昭升为保州防御使。后人为纪念抗辽名将杨延昭，在河北唐县倒马关城西马圈山上，立下一块石碑，碑坐北向南，汉白玉砌，上刻有"宋将杨六郎拒守之处"九个大字。此碑建于大明正德十五年（1520），当地群众称为"六郎碑"。

穆桂英是个传说人物。在北京北面万里长城的居庸关附近，有一块天然巨石，上有斑痕类似足迹，传说为当年穆桂英点将台。是关沟（昌平区到延庆区八达岭之间）二十公里的山沟七十二景之一。

但是传说毕竟还是传说，正像王宝钏是戏曲人物，后人凭空造出一个王宝钏苦守十八年的寒窑来一样，穆桂英点将台的出现，也表现出人们对这个传说中的巾帼英雄的敬仰。

（原载《沈阳晚报》。）

二、杨七郎打擂留下靴子山

评书、鼓书《杨家将》，开头就是杨七郎打擂故事，说的是国丈潘仁美是个大奸臣，三儿子潘豹，仗势欺人，在东京汴梁天齐庙立擂台比武。这个潘豹一连打伤了七八个人，甚至把人打倒后，他还再踩上几脚，受伤的人满口喷血而亡。在台下观擂的杨七郎看不下去，他为了给那些被潘豹打死的人报仇，跳上擂台，把潘豹一劈两半！潘豹的一条腿甩出老远，不知落在何处。

在辽南盖州市熊岳城的老人们说，潘豹那条大腿，是从东京汴梁（今河南省

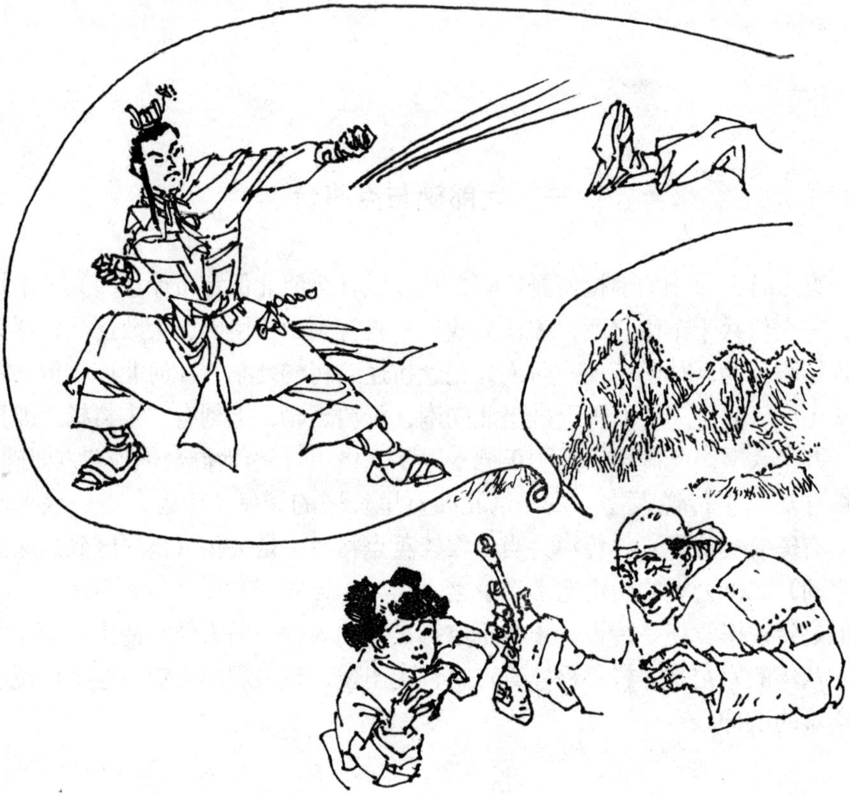

开封市）一下子甩到了咱们这关外的熊岳城郊外，后来就变成了靴子山，那座小山，真像一只大靴子。当地人传说就是潘豹的半条腿变成的，这个故事赞颂了杨七郎的神力。

（郝艳芳口述。）

三、八姐九妹终身未嫁

小说、评书、戏曲中的杨八姐、杨九妹都是杨门女将。

小说《杨家府世代忠勇演义》中，老令公杨继业与佘太君生有七子二女，八姐叫杨琪，九妹叫杨瑛。京剧《挡马》中的杨八姐叫杨春花，评剧《杨八姐盗金刀》与《杨八姐游春》中都只称杨八姐，没有名。小说中，八姐、九妹的故事不多，只有两回半书。可是在戏曲舞台上和民间说书中，这对姐妹却很有名。七个哥哥与杨继业的义子杨八郎都娶妻生子，八姐、九妹尚未成亲。这是怎么回事呢？原来，佘太君相中了杨六郎的副将陈琳，让他在八姐、九妹二人中选一个为妻。陈琳很为难。后来杨八姐游春时，被宋王看中了，要封她进宫为妃，佘太君借要彩礼为名，巧妙抗旨，宋王的目的没有达到。陈琳听说后，心想：我一个小小副将，可不能跟皇上争媳妇。宋王听说佘太君要招陈琳为婿，怀恨在心，就把他抓进宫中，逼他当了太监。因此，八姐、九妹终身未嫁。当太监的陈琳，就是《三侠五义》中的那个老太监陈琳，京剧《打龙袍》中也有这个人物。因为八姐、九妹终身未嫁，因此说书艺人中流传一句话："杨家将是男儿有妻，女儿无婿。"

（原载《晚晴报》。）

四、杨金豹在本溪学艺

本溪市的九顶铁刹山八宝云光洞，有位长眉大仙李长庚，他有个徒弟叫红梅童子。红梅童子十二岁那年，有一天师父对他说："你原名不叫红梅，叫杨金豹，你是杨家将第八代孙子。如今你家第二代祖奶奶佘太君告老辞朝，全家人要回故土西宁，走到半路上，被反王李龙困在凤翔府。你应该下山，早点认祖归宗。"长眉大仙又拿出三尺白绫给他看。杨金豹一看，白绫上血迹斑斑，上写："陆氏亲手立，留给吾儿知。咱们杨家祖居西宁。头辈杨衮，二辈杨继业，三辈杨延昭，四辈杨宗保，五辈杨文广，六辈是你祖父杨怀玉，七辈是你父亲杨士瀚，为娘陆云娘。当年你父扫北得了御甲风，病在大营。番兵火烧军营，为娘逃至关帝庙生下娇儿，给你取名杨金豹。因番兵追杀，带你不便，将你留在古庙，生死由命。留此书记凭，某年某月某日。"

杨金豹看罢，哭了一阵，说："师父，徒儿我吃完饭就下山。"

长眉大仙说："后洞有饭，你快去吧。"

杨金豹进后洞一看，锅里热气腾腾。他掀开锅盖一看，里边有白面做的七头牛、一只豹，他全给吃了。不一会儿浑身疼痛，骨节咔咔直响，转眼间，长得身高体大，衣裳都撑破了，他手捂下身来见师父。长眉大仙说："你吃了七牛一豹，因此会力大无穷。"

杨金豹说："我的衣裳穿不上了。"

"不怕，我给你准备了新衣裳，还有一副盔甲白战袍，两件兵器打将鞭、火龙金枪。"杨金豹穿上盔甲，又问："师父，徒儿从来没下过山。不知西宁在哪里，离此有多远？"

"西宁在西边，离此三千多里。"

"那徒儿得多咱才能走到哇？"

"别急，你的大师兄在洞外等你，它能驮你去。"

杨金豹出洞一看，有一怪物，头生双角，口似火盆，两眼如同铃铛，浑身青毛，腹下生鳞，大尾巴一甩像一把大扫帚。杨金豹倒退三步，一阵心惊肉跳。长眉大仙说："这就是你的大师兄，它叫火眼金睛兽，日行千里，夜行八百。你骑上它，快下山去吧。"

杨金豹拜别恩师，骑上火眼金睛兽，三天后就到了凤翔城外。他力杀四门，杀死反王李龙，进城后见母亲陆云娘与老祖宗佘太君，一家人也归回西宁。杨金豹的故事一直传到今天。

（原载《沈阳晚报》。）

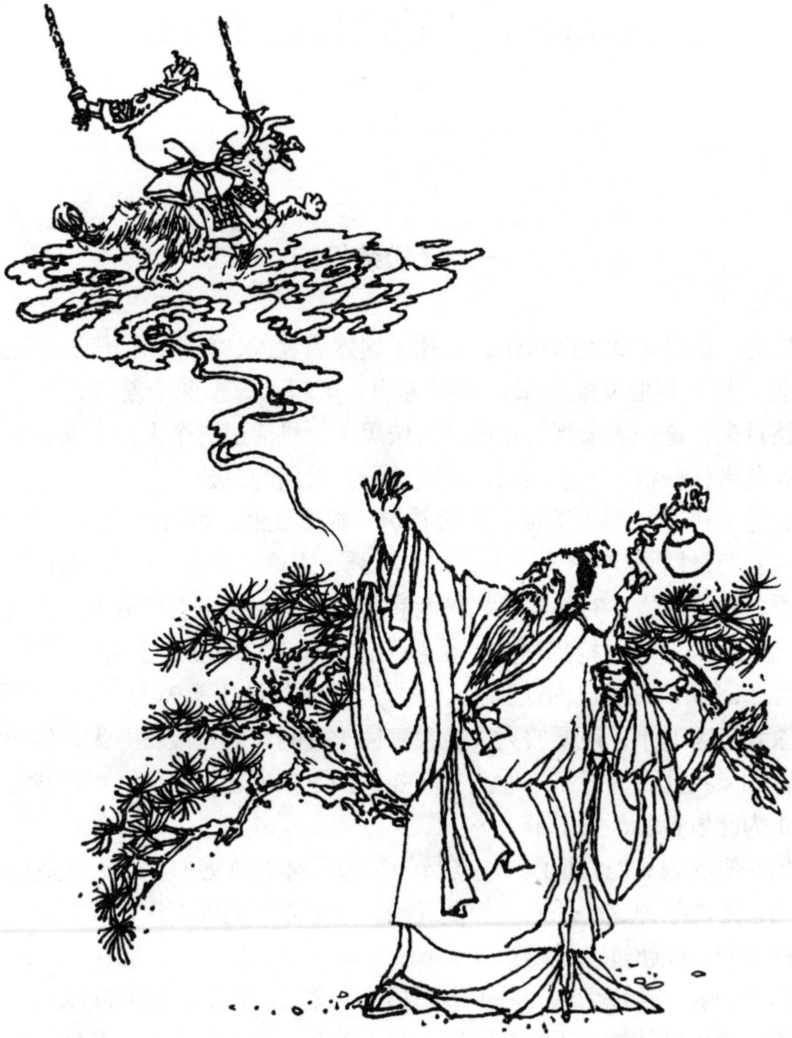

《水浒传》人物的传说（二则）

一、武松装媳妇

　　武松为了给哥哥武大郎报仇，杀死了嫂嫂潘金莲、恶霸西门庆后，上县衙去投案自首。县官判他发配充军，发到孟州。董超、薛霸两个差人，押着好汉武松，一路行来，这一天来到石家庄。天快黑了，见前边有个大户人家，黑油漆大门，想在此借住一宿，上前叫门，说明情况。看门的院公向主人报告，主人石老员外，请三人进来，端上茶饭。武松看员外眼圈红润，好像刚哭过，上前探问。老员外说："我姓石，有一儿一女，儿名石秀，人称'拼命三郎'，出门在外，女儿叫桂香，一十八岁，有些姿色。村西有座五龙山，山上有座五龙堂，有一伙强人，强盗头名叫方豹，抢男霸女，无恶不作，他在娘娘庙会上看中了我的女儿，派人来强下彩礼，说三日内让我把小女桂香嫁给他做压寨夫人。如果我不答应，他就要杀我全家老小，还要放大火烧我家房子。明天就是最后一天，他要派花轿来娶亲，如果我儿石秀在家，他武艺高强，倒不怕那恶人方豹。可惜我儿不在身边，我正为此事着急，哭了半天……"

　　武松一听，说："这还了得！老员外，您不必着急害怕。明天我假扮您女儿坐轿上山，定能除掉这个恶人。想我武松，连景阳冈的大老虎，我都能三拳将它打死。那方豹还能超过老虎吗？"

　　老员外一听，转忧为喜，马上敬酒招待。第二天清晨，忽听吹吹打打，花轿真的来了，武松早就换上了红色女装，蒙上盖头，有人扶他上了花轿。四个轿夫把好汉武松当作新娘抬上山去。方豹走过来，掀开轿帘，说："美人，快下轿吧！"

　　武松下轿，上去就是一拳，把个方豹打得乌眼青。方豹说："你是什么人？竟敢假充新娘上山？"

　　武松说："我是打虎英雄武二郎，今天我不打虎，专门来打你这只作恶多端的豹子！"说罢二人打在一起，那方豹哪里是武松的对手，武松三拳两脚就把方豹打倒在地，方豹直叫："爷爷饶命！"

武松说："我今天饶你这条狗命，今后不许再残害四乡百姓。"

方豹连连叩头说："是是是，我再也不敢了。"

武松转身下山，来到石家庄，告别了石老员外，跟着两个解差，继续登程。

［注：这个传说，是小说《水浒传》中没有的故事，流传很广。山东快书、西河大鼓、二人转曲目中都有，有的叫《五龙堂》，有的叫《武松大闹八岔路》，还有的叫《石家庄》或《史家庄》（老员外是史进之父）大同小异。］

二、阮氏三雄及其后代

《水浒传》中的梁山泊好汉阮氏三雄，兄弟三人，为什么叫阮小二、阮小五、阮小七呢？为啥不叫阮大、阮二、阮三呢？原来阮家世代都是渔民。阮老汉中年得子，他老婆一下子就生了三胞胎，接生婆忙了半天，也搞不清哪个是老大、老二、老三了。小时候小哥仨穿得都一样，都长到十岁了，哥三个还没起名。这一天阮老爹就叫三个孩子都下水去摸鱼，一个摸上来两条大鱼，就起名叫阮小二；一个摸上来五条小鱼，起名叫阮小五；一个摸上来七条小鱼，就起名阮小七。后来这哥三个都学会了一身武艺，无人能敌，就分别得了"立地太岁""短命二郎""活阎罗"三个绰号，都成为梁山将领。

宋江接受朝廷招安后，东挡西杀，南征北战，阮小二、阮小五都牺牲了。只剩下阮小七一人，改名叫萧恩，有个女儿叫萧桂英，父女俩打鱼为生，杀过恶霸，这就是京剧《打渔杀家》的故事。萧恩的两个儿子恢复了祖姓，名叫阮洪芳、阮耀芳。老二阮耀芳夜探聚宝楼，不幸中箭身亡。这就是评书《大八义》中的故事。阮洪芳老来得子，长得瘦小枯干，取名叫猴子阮英，他就是评书《小八义》中的小英雄。

朱元璋的传说（三则）

一、放牛娃定亲

　　传说中的朱元璋，小名叫朱娃子，他少年时给马员外家放过牛。他是个孩子头，每天在山上放牛，他跟一大帮同村放牛的小朋友常常在一起当君臣玩，朱元璋坐在石头或草墩上当皇上，周围几个小伙伴就当文臣、武将，朝他叩拜。可是朱元璋每天都吃不饱，肚子饿得难受。有一天他在山上杀了一头小牛，把牛肉烤熟分给大伙儿吃了，只剩下牛头与牛尾。他让人把牛头放在后山坡上，把牛尾巴插在前山的石头缝里。太阳下山后，东家马员外发现少了一头牛，朱元璋就说："有一头小牛钻进大山里了。"马员外不信，到山上果然看见一条牛尾巴，他用手一拉没拉动，就听见后山坡有牛叫声，这才信以为真。过去迷信传说朱元璋是紫微星临凡，是真龙天子，有百神相助，都是山神、土地在暗中帮忙。朱元璋在山上一连吃了几天牛肉。有一天，马员外闻见他嘴里的膻味，才知道自己上了当，把朱元璋打了个半死。朱元璋晚上住在牛棚里，冬天太冷，他冻昏了，头上真龙出窍。马员外的小姐在绣楼上看见牛棚一片红光，以为是牛棚失火了，到牛棚一看，只见朱娃子睡着了，有一条小蛇在他脸上爬来爬去，钻七窍，这才知道朱娃子将来能当皇上，马上把他叫醒，又上前讨封。朱元璋说："我将来如果真能当上皇帝，就封你为皇后。"因此传统二人转《朱洪武放牛》，也叫《小封官》。中华人民共和国成立后的整理本删去了旧本的迷信内容，山神土地相助，改为小伙伴的暗地帮助他，有人在后山学牛叫。"真龙出窍"改为朱元璋半夜拢火取暖，引来了马小姐，二人私订了终身。

二、大脚皇后

　　朱元璋打败元兵，建立了大明朝，当上了开国皇帝，年号洪武。马小姐真的

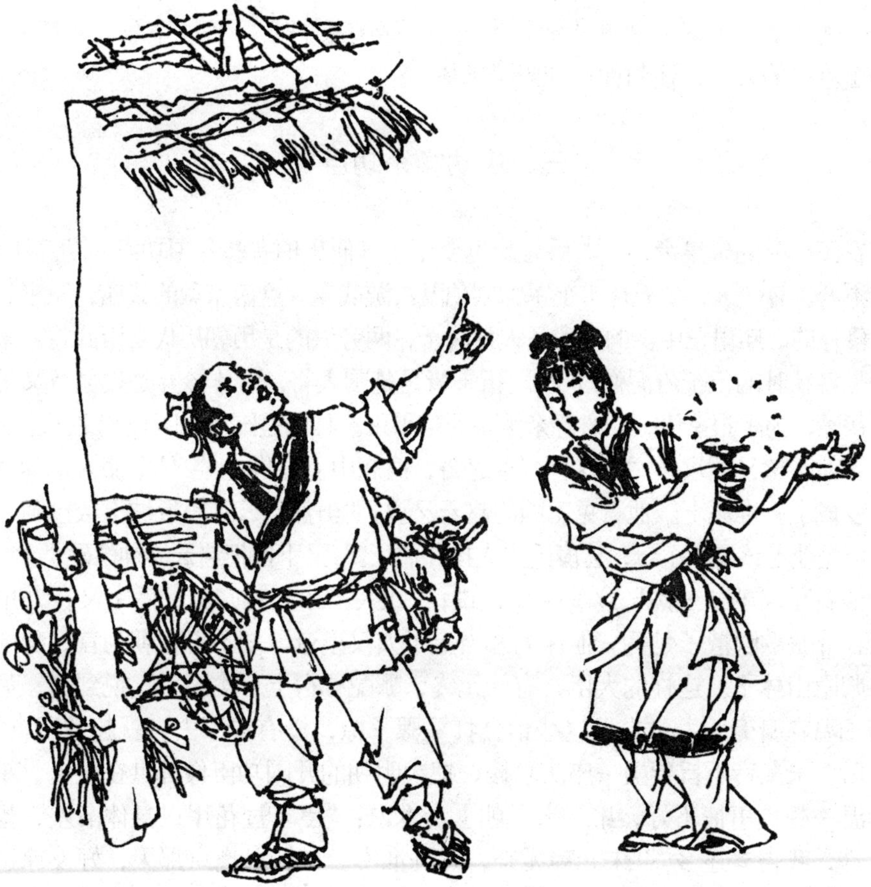

当上了皇后，她原先是个乡下姑娘，常干农活，没有缠足裹脚，生成了一双大脚。有人叫她"大脚皇后"。这天正月十五元宵节，京城举办花灯大会，有个秀才做的彩灯上，画了一匹大马，四个蹄子画得非常大。有人看见这盏灯，去告发制灯人嘲笑皇后，就是反对皇上。官府把这个秀才抓了起来，南京知府也不知如何为他定罪，把这个秀才送进了皇宫。皇上朱元璋也为了难。马皇后说："大脚好，大脚好，上山下地都能跑。能种田，能锄草，女人何必留小脚。"让皇上放了那个秀才。朱元璋认为此人敢把大脚皇后画在彩灯上，是一个敢说实话的人，也是个难得的人才，还封他在朝当了御史。

三、庆功楼杀功臣

农民出身的朱皇帝，年老后思想也变化了，他生怕有些开国功臣，功高压主，对他不利。有一天，朱元璋带上军师刘伯温去游武庙。这南京城的武庙，原来是南宋时修建的。庙里正中供的是武圣人孙武子，两旁供的是历朝历代功臣武将。朱元璋看见春秋时的伍子胥泥像时说："伍子胥是楚国大将，万不该弃楚投吴，又带兵去讨伐楚，为了报家仇，一心想亲手杀死楚平王。打败楚国后，听说楚平王早已死去了，他不该又掘坟鞭尸。这种背主之将，武庙中岂能供他。"马上命人把神像推倒，变成了一堆泥土。他看见三国的赵云又说："虽然赵云在长坂坡上救过阿斗有功，可是他不该逼死主母，让糜氏夫人投井而死。"又下旨把赵云的神像砸了。

他看见汉朝"三杰"之一张良，说："此人不该弃楚归汉，后来又在九里山吹箫，靠楚歌吹散了楚兵。他保刘邦当上了大汉皇帝，却不再在朝为官，辞朝而去，归隐山林了。这样的大臣，有始无终，哪配称得上一杰……"说到这，见军师刘伯温在身旁，发觉自己这些话会打马骡子惊，没有说下去，就起驾回宫了。不久后，朱皇帝下旨要盖一座庆功楼，把大明朝的开国功臣像都供在楼上。军师刘伯温一想，事情不好，第二天早朝上奏本说："臣年过花甲，身体渐差，望万岁准许，我告老还乡。"朱元璋无奈，只好准奏。刘伯温离京那天，好友徐达去送他，问他为什么突然要走。刘伯温不好明言，只说："徐王兄，等庆功楼建成那天，你随皇上前去开庆功会，只要你时时不离皇上身边就行了。"

到庆功楼建成那天，开国功臣常遇春、胡大海等人全去了。徐达一直跟在皇上身边，朱元璋没等开完庆功会，就与马皇后一块起驾走了，徐达还是跟在后边保驾。他们君臣刚离开庆功楼不到半里路，就听身后一声巨响，庆功楼炸了，许多没走的开国功臣全丧命了。后来朱元璋也很后悔，不该疑心太大，害死了群臣。他这才封徐达为定国公，赐虎头鞭一条，可以上打昏君，下打奸臣，而且定国公之位可以代代继承。

清代的传说（六则）

一、义犬救主

努尔哈赤老汗王，小名叫小罕子。十二岁时，给辽阳城的李总兵当"小半拉子"，白干活白吃饭，啥活都干，没有工钱。有一天他给李总兵洗脚，发现李总兵脚心上有五颗红痣。李总兵说："脚有五星，能当大将带兵。"小罕子说："我脚心上也有红痣，比您老还多两颗呢。"说着抬起左脚来给李总兵看，李总兵一看，果真小罕子脚心上有七颗红痣。心中一愣，没有吱声。他当晚在二夫人紫薇房中睡觉，对紫薇说："我这回要升官发大财了。头些天朝廷发下密旨，说关外要出一个改朝换代的皇上，此人脚踏七星，不想这个人就是小罕子。明天一早我就把他抓起来，押进北京，献给朝廷，一定会升官发财。"

李总兵睡着后，紫薇夫人偷偷起来，到后院马棚，叫醒了小罕子，说："你死到临头，赶快逃命去吧！"

紫薇夫人从马棚牵出了一匹大青马，又给了他一块金牌。开了后门，让小罕子骑马跑了。

小罕子凭着总兵府的金牌，叫开城门，打马而去。一口气跑了几十里地，大青马累死了。小罕子又往前跑，忽听后面追兵赶来，他急忙钻进了路边的一片荒地。追兵来到这里，搜了半天，没找到小罕子，领头的军官就下令放火烧草，要把逃犯活活烧死。可是小罕子没有被烧死。原来有一条大黑狗，成天跟着小罕子，成了他的好伙伴。这天晚上，大黑狗也跟着跑来了。它一看大火起来，急忙找到一个大水泡子，下去了滚一身水，又跑到小罕子身边，打了几个滚，草湿了，狗身上的毛干了，它又回到水泡子……就这样来回跑了十几趟，等小罕子醒了，睁眼一看，大黑狗死了。再细一看，一片荒草都烧成了灰，只有他睡觉的这一小块草还是湿的，没有烧着。这才明白，是大黑狗救了自己一命。

几十年后，老汗王在沈阳登基坐殿，为了纪念大青马，把国号定为大清。为了纪念"义犬救主"，下旨满族后代子孙，不许吃狗肉，不许戴狗皮帽子。这个民族习俗一直传到今天。

二、关公保驾

清朝的几代帝王都崇拜关公，到处修建关帝庙。清太祖努尔哈赤就喜爱中国古典小说名著《三国演义》，他特别喜欢书中关羽，因为他是蜀汉昭烈皇帝刘备的结拜二弟，又是西蜀的五虎上将关张赵马黄之首，一生忠义，名传四海。清太宗皇太极，也喜爱《三国演义》，他还命人把汉文译成满文。皇太极把《三国演义》当作军事书学习，运用书中的反间计，使明朝崇祯皇帝受骗上当，杀死了大明的忠臣袁崇焕，除掉了清朝的心腹之患，因此清朝的八旗军才打败了明军。顺治皇帝封关公为忠义神武大帝。康熙大帝曾封关公为协天伏魔大帝。关公生前只是一员虎将，死后上千年，却成为神仙还加上帝号，比一般神仙的地位还高。所以在民间财神画像中，上边是协天大帝关公，下边是文财神比干和武财神赵公明。乾隆皇帝还被人说成是刘备转世，一代明君。传说乾隆即位后，每天上朝时，老听见身后有脚步声，回头看看却没有人，他心中奇怪，就去问大学士纪晓岚。纪晓岚说："皇上，您再听见身后有脚步声，不必回头看，可以问问是何人保驾。"第二天乾隆皇帝上朝，又听见身后有脚步声响，就问道："身后何人保驾？"听见身后有人回答："二弟关羽。"乾隆皇帝又问一句："三弟何在？"后边的人回答："镇守辽阳。"乾隆这才明白自己是蜀汉开国皇帝刘备转世。他当天上朝后，马上下诏，传旨让辽阳张总兵连夜进京。

这位镇守辽阳的张总兵，正是刘备的三弟张飞转世。他作战更猛，与三国时的张飞一样。他的脾气也与张飞一样，天天喝大酒，酒后心不顺就爱打骂士兵。士兵们都怕这位张总兵。辽阳知府劝过张总兵，不要老喝酒，酒醉后就打士兵。说："三国时的张飞，就是因为酒后打士兵，最后被两个士兵给杀死的。你这个毛病要再不改，你的士兵不杀你，将来皇上知道也饶不了你。"

这位张总兵，接到圣旨要他连夜进京后，心中暗想：可能是我打骂士兵的事，让知府上奏了朝廷，这回乾隆皇帝非杀我不可。我还不如早日上吊一死，保个全尸呢。他当天就上吊自尽了。其实，辽阳知府并没有把张总兵的事上奏朝廷。乾隆皇帝也不知道这位三弟张总兵酒后打过士兵的事，调他连夜进京，是想封他在朝为官，当大将军。张总兵把圣旨领会错了，白搭上一条命。

这个传说很可能是文人为了美化乾隆皇帝编造出来的，不论是真是假，这个刘备转世为乾隆的传说，却在民间流传了二百多年。

三、乾隆传位嘉庆锄奸

乾隆皇帝，在位六十年，他三下江南，故事很多。第三次下江南，回到北京后，他正好是八十岁。他传旨在皇宫举办一次"百叟宴"，汇聚了上百位朝中老臣和京城的老绅士，说是要与民同乐。百叟宴后乾隆心想：我祖父康熙皇帝在位六十一年，我这个皇帝不能超过先祖，就把皇位传给了太子，自己当了太上皇。又过了五年，八十五岁才晏驾归天。

乾隆晚年，身边有两位大臣，纪晓岚与和珅不离左右。纪晓岚是个清官，和珅是个贪官。乾隆心中也早就知道，因为和珅是乾隆的儿女亲家，他不愿处理大贪官和珅，是想把处理和珅这件事，交给接班人嘉庆皇帝去办，也可以借此来树立嘉庆的威信。

嘉庆皇帝即位头五年，也没有去动和珅，直到太上皇乾隆晏驾后，这才下手。嘉庆皇帝与清官刘墉君臣二人，微服私访，查出了和珅在昌平县私铸官银几十万两。多年来和珅还贪污了许多周边小国进献的财宝。和府的金银珠宝比皇宫的还多。嘉庆皇帝这才下手，把大贪官和珅处死，没收了和府的全部财产。因此，民间流传两句话是："和珅一倒，嘉庆吃饱。"此后国库的钱多了，国家更富了，嘉庆这才能做了二十五年的太平皇帝。

四、施不全成神

清朝康熙年间，靖海侯施琅的三儿子施世纶，相貌十分丑陋：秃头顶、麻子脸、小眼睛、偏嘴角、前鸡胸后驼背，外加一条腿粗、一条腿细，真是其貌不扬。不过，他从小就聪明过人。有一天，朝中无事，君臣在养心殿谈心。康熙皇帝问施琅说："朕听说爱卿的三公子满腹经纶，为何不出来为朝廷效力呢？"

施琅说："犬子身有残疾，六根不全，不能入朝为官。"康熙不信，定要招来一见。第二天，施琅带子上朝。施世纶三拜九叩不敢抬头。康熙问："你为何不抬头？"施世纶回答："小民有残疾，恐惊圣驾。"康熙说："你有何残疾，明白回奏。"施世纶说："小民有诗一首，回禀圣上：

秃头闪明月，麻面布星辰。
眼小观路正，嘴偏问事真。
驼背安邦策，鸡胸装经纶。
跛足见圣上，单腿跳龙门。"

康熙一听，连说："好好好，好一个单腿跳龙门。"当时即命吏部查查何地官位有空缺，正好都江县缺个知县，就命他三日内前去赴任。施世纶到任后，一心为民，两袖清风，三年后升为苏州知府，五年后入朝步步高升。老百姓都说他是"麻布包公"，可是坏人都辱骂他是"施不全"。后来有人把他的故事编成书叫《施公案》。施公死后，被封为主管天下残疾人的神。过去娘娘庙的长廊左檐下供有神像。神像只有二尺多高，却香火旺盛。每逢四月十八、二十八庙会，有哑巴病的，都给他供咸菜疙瘩；腿有病有伤的，都送上小拐杖，求他保佑身体早日康复。庙会一过，咸菜疙瘩够庙上老道吃大半年的，小拐杖堆成山，都成了庙中的烧柴。施公在世时，不贪百姓一文钱，而死后成神，老道们靠他吃烧不愁了。

（据聂田盛口述本整理，原载《沈阳晚报》。）

五、铁脖子刘墉

清代乾隆年间，有刘统勋、刘墉父子两代清官。刘墉，号石庵，书法好，他从小读书累弯了腰，人称"刘罗锅"。传说有一个人假冒刘罗锅之名，勒索民财，逼死人命，被人告到刘统勋那里。刘统勋大怒，要用御赐虎头铡铡死刘墉，刘墉没干坏事，心中无鬼，宁死也不承认，他躺在铡刀之上，任凭处置。幸亏苦主在法场上，认出这个刘墉与那个害死人的刘墉模样不同，真刘墉才没被铡死。因此，乾隆皇帝封他为"铁脖子刘墉"。太后认他为"御儿干殿下"，刘墉成为乾隆皇帝的御弟，从此，刘墉的名声更大了。他奉旨下济南，捉拿犯臣国泰，一路上连断奇案，为民申冤，老百姓都说他是包公再世，海瑞重生，有"白面包公"的美称。

六、关东才子王尔烈

乾隆年间，辽阳才子王尔烈，进京赶考，中了二甲第一名，在朝为官。有一年皇上命他下江南去当主考官。江南才子多，没有人瞧起这个来自山海关外的主考官。有人就在考场的大门上贴了一个上联："千山千水千才子"。没有下联，看看这个北方来的主考官王尔烈怎么办。

王尔烈走到门口一看就明白了，这上联是说，江南各省名山大川多，才子也多。他要过笔纸来，当时大笔一挥，配个下联："一天一地一圣人。"有人看后夸对得好，也有人小声说："一个小小王尔烈，敢自称圣人？"王尔烈听到了，回答说："我这下联是说，咱们中国万里江湖，山河一统，不论东南西北，都是一个天，一个地。天下只有一个圣人是孔夫子，他可是北方人，不是你们江南人。"江南才子一听，个个服气，从此王尔烈就被称为"关东才子"。

俗语的传说（三则）

一、路遥知马力

有两句俗语叫"路遥知马力，日久见人心"，这里有个故事。

传说山东省有个小山村，住着路遥与马力两家，二人从小一起上学念书，结拜为兄弟，后来马力进京赶考，当上了济南知府。路遥家却遭了一把大火，烧得片瓦不存。他就想去求结拜兄弟救济。路遥这一天来到济南，找到马知府家，说明来意。马力让大哥住下再说，一连住了一个月，也不提救济之事。路遥想，这个兄弟是忘了金兰之好，结拜之情，就提出要回老家去。马力只给他一点碎银子当路费。路遥很是伤心，离开济南，恨不得早一天回到家乡。半路上遇见一个好人，自称是做买卖的，很同情路遥，一路上吃饭、住店都是这个新朋友出钱。路遥想，这个人比结拜兄弟马力强多了。这一天回到家乡，进村一看，他家盖起了新瓦房，修好了墙院。路遥心中奇怪，进屋听他老婆一说，这才明白，原来马力早派人送来银两，给他家盖了新瓦房，直到这时，那个同伴的商人才说实话："我是马力知府的师爷，奉老爷之命，一路跟来，都是为了照顾你的。"路遥听罢，深受感动，说："这才是路遥知马力，日久见人心。"

二、人心不足蛇吞象

有个青年姓白，家中有钱，爱交朋友。他认识一人姓黑，长得也黑，两个人常在一起喝酒聊天，后来就以结拜兄弟相称。这一天黑大哥说："兄弟，我跟你说实话，我不是凡人，而是蛇仙。明天我就要回山洞了，兄弟，你啥时候想我，到东边黑松林里，高喊黑大哥，我立马就到。"说完后，黑、白二人就分手了。

过了几天，小白看见城墙上贴的黄榜，大意是："皇姑有病在床，太医给她看病后，写了处方，但是缺少一味药是蛇胆三小片，有谁出蛇胆治好公主的病，

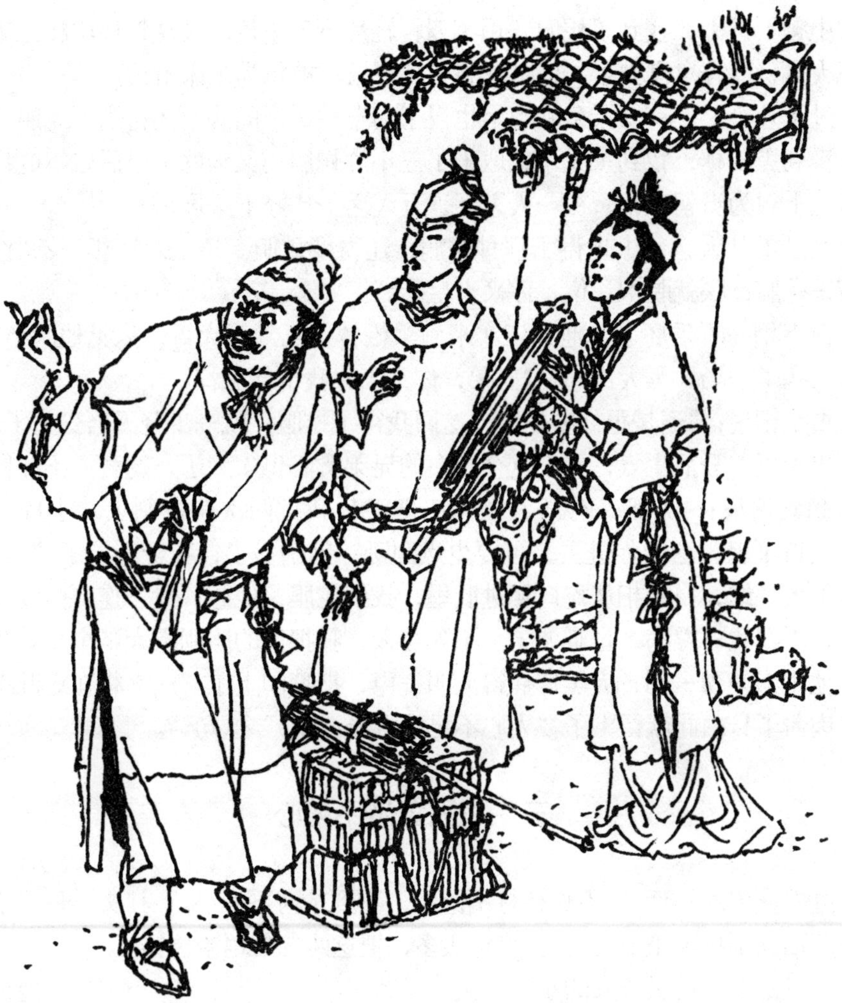

就招他为东床驸马。"

小白看罢，撕下黄榜，随看榜的人进了皇宫，说他能找到蛇胆。然后来到东边黑松林中，大叫三声："黑大哥，快来，快来！"说罢，只见一阵风起，黑大哥就站在面前。小白说明来找他的原因，黑大哥说："为了救人，我就给你三片蛇胆。"说完变成一条大黑蟒蛇，血口一张，比头号大盆还大。小白参着胆子，从口腔中爬了进去，找到了蛇胆，用小刀轻轻片下三小片。又从蛇口中爬出来，谢过黑大哥，就奔皇宫去了。他献蛇胆有功，果真被招为东床驸马。

过了几个月，有一天皇后娘娘也得了与皇姑一样的病，还得需要蛇胆，小白二次来到黑松林，找到黑大哥，取来了三小片蛇胆，又治好了皇后娘娘的病，这回被皇上封为当朝宰相，在一人之下，万人之上，好不威风。

又过了几天，皇上也得了那种怪病，还得要蛇胆。皇上对宰相说："你这回能取来蛇胆，朕就脱袍让位，你来当皇上。"

白宰相一听乐坏了，他第三次来到黑松林，见到黑大哥，只见他脸色苍白，好像大病了一场。黑大哥问："兄弟，你又来找我干什么？"

白宰相说："还是跟你要蛇胆，这回我得了蛇胆，就一步登天当皇上了。"

黑大哥一听很生气，看来这个姓白的兄弟贪心也太大了，这种人不能留在世上，想到这说："好吧，你进我肚里去取吧！我上两次胆被割去六小片，受了伤，病得不轻，这回你进去，可要少点割呀，别割多了，我受不了了。"说完又变成了大蟒蛇，白宰相从蛇口爬进肚里，找到蛇胆，他想：我一连向他要过三次蛇胆，下回我再得病，也难要了。不如今天，我把他的胆割下大半个来。想到此处，他用刀使劲一割，大黑蟒痛得大叫一声，把嘴闭上了。那宰相在蛇肚里也变成了肉酱了！由此就留下了"人心不足蛇吞象（相）"这句话。

三、不见黄娥不死心

过去流传两句话："不见棺材不落泪，不到黄河不死心。"其实，是"不见关才不落泪，不见黄娥不死心"。是年头多，把这两句俗语给传错了。

黄娥是财主黄员外家的小姐，关才是黄家的"小半拉子"小羊倌。他每天上山去放羊，一个人爱唱歌。他的嗓门亮，唱起歌来能传出几里地去。有时候晚上睡不着，也在长工屋里给大伙唱。

小姐黄娥在绣楼上听见长工屋飞来的歌声，越听越爱听。天长日久，心里头就爱上了小关才，可没敢向父母说出来。

这年八月十五中秋节，黄员外老两口去串亲戚，临走时，嘱咐女儿黄娥好好看家，哪里也不要去。可是，父母一走，她就叫丫鬟去把关才找到绣楼来。正

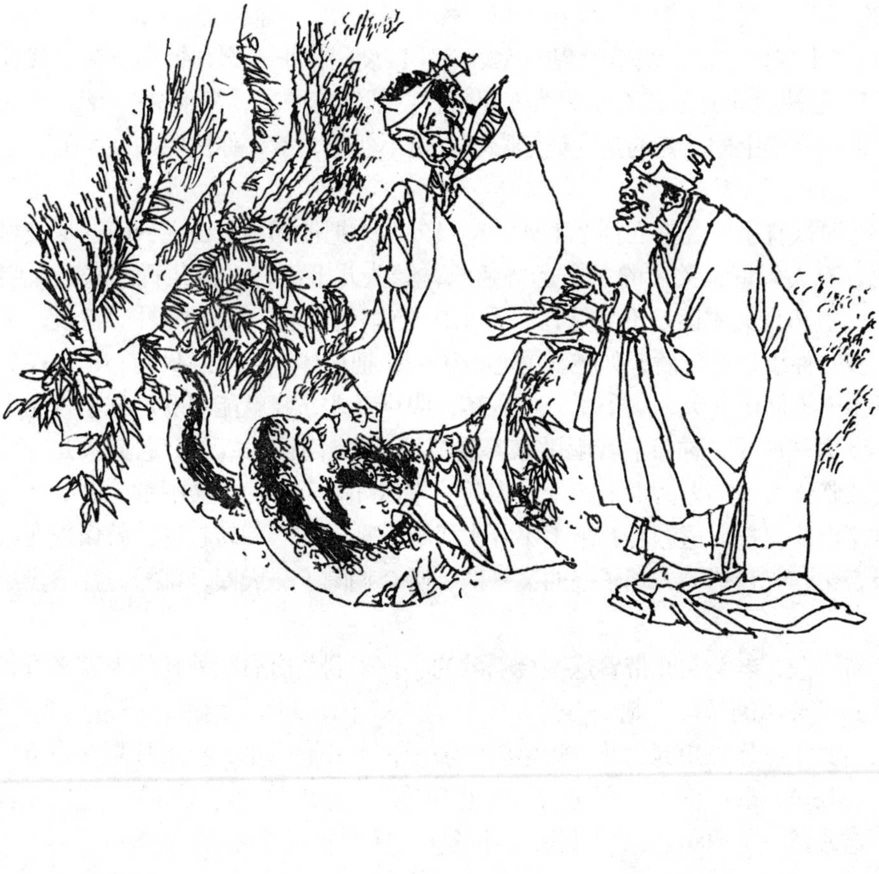

好，今天过节放假，小羊倌没去放羊，就跟丫鬟来到小姐的绣楼。黄娥说："上个月，我偷偷量过你走过的脚印，按着大小，给你做了一双布鞋，你试试合脚不？"

小关才穿上新鞋一试说："不大不小正好，谢谢小姐。"

黄娥说："你今后不要叫我小姐，就叫我黄娥吧。我爱听你唱歌，今天我爹妈不在家，你就放开唱吧。"

小关才心里高兴，唱了一个又一个，一口气唱了十来个民歌。黄娥还想向他学，他就一句一句地教唱。正唱着，黄员外回来了，上楼一看，女儿与小羊倌膀挨着膀坐着，女儿还把头偏向小羊倌，那个亲近劲，简直是快脸贴脸了。他大喊一声："小羊倌，你是癞蛤蟆想吃天鹅肉哇！没门！来人哪，把小羊倌给我乱棍打死！"过来几个打手，对小关才连踢带打，都给打昏了。黄娥说："爹，今天是我把他叫到楼上的，为的是向他学唱歌。这不怨他，爹，你快叫人住手吧，千万别把人打死。"

这时候打手已经把人打个半死，黄员外叫人把他扔到荒山上去。这事被村民发现，有人告诉了关才的一个远房亲戚，老头儿上山，把侄儿背回来，又喂稀粥，又上药，关才还是不见好，一天比一天病重。这天小关才说："叔叔，你要答应我一件事，我死后，你把我的心取出来，把尸体火化了。我的心，你在日光下晒上七七四十九天，晒干了，你一转，叫声关才，我就能唱歌。你老六七十岁干不动力气活了，你就靠我唱歌来养老吧。"说完闭目咽气了。老关头儿一切按照关才临终时说的办。七七四十九天后，果然那晒干了的心会唱歌。老头儿每天用一个红漆盘托着这颗心，走街串巷来卖唱。那颗红心一转起来，就像现在咱们放录音带、光盘似的，唱了一曲又一曲，听众们围了一大圈，都纷纷往漆盘里头扔钱。

有一天，老关头儿带着这颗会唱歌的心，来到黄府后门外转给大家来听，歌声传到了黄娥的绣楼，她一听是关才唱的，就下楼从后门出来，挤进人群一看，才知道关才已死。想到这儿，黄娥满脸流泪，有几滴泪水，掉到那颗红心上，流进了心眼里，歌声停了，心死了，再也不唱了。不久后，黄娥小姐思念关才也死了。这才留下了两句话："不见关才不落泪，不见黄娥不死心。"

二人转的传说（二则）

一、沙公一家闯关东

明末崇祯年间，连年荒旱，寸草不生。河南洛阳城外沙家庄，有个农民姓沙，听说关外日子好混，就抛下刚过门的媳妇小花，独自一人去闯关东。他在长白山挖棒槌发了财，就在辽阳做买卖住下了，那会儿，正赶上老汗王和明朝打仗，兵荒马乱的，十年也没跟家里通信。后来清兵入关，建立了大清国。关里关外来往的人又多了，小花听说丈夫落在辽阳，就托人捎信给他。这姓沙的才把买卖兑出去，回河南老家，夫妻破镜重圆了。老沙回到老家了，净接济穷人，乡亲们都称他为沙公。沙公好乐，会唱秧歌。他还把自己当年闯关东和媳妇捎书的事编成了小曲《跑关东》和《一枝花捎书》。

转眼间又过了二十多年。沙公两口子有了五个儿子，都娶了媳妇。到清朝康熙年间，家乡又闹灾荒，沙公就带领全家二次闯关东。他们来到山海关绥中县的沙后所，住在小店里。正赶上年关，盘缠花光了。全家老小十二口就扮了一伙大秧歌，走村串屯，要钱要粮，五个儿子扮五个丑，五个儿媳妇扮五个花旦，这叫"五花五丑"，三儿子能说会道，每到一个地方都由他出面联系，找当地头行人讨喜钱。大伙叫他沙公子，后来叫白了成了傻公子。沙公子这个名在大秧歌中一直流传到今天。他们每天唱秧歌要来的粮食，黏豆包、黏火烧挺多，就装在小推车上，由沙老汉推着，跟在队伍后边，老太太或哪房媳妇走不动了，也坐车上歇脚。这就是地秧歌中"老汉推车"（"小车会"）的来源。那时候汉族妇女都是小脚，一走路就得扭，这就是扭秧歌的来源。最初大秧歌与莲花落是分开的，后来合起来，就变成了我们现在看到的二人转。

沙公编的小曲《跑关东》和《一枝花捎书》两个节目，因为写的是自己的经历，所以挺真实。曲中的地名，从山海关、八里铺、红庙子、前所、中所、沙后所，直到锦州、义州（义县）、黑山、新民、奉天（沈阳），东三省大小地名六十五个,连秃老婆店这样的辽西小地名也有,因此东北老乡觉得亲切。也有人说《跑关东》和《一枝花捎书》是沙公朋友的事,还有人说那是假的,是沙公编的,这事年头太多,就说不清楚了。

二、胡傻子和俏妹子

清朝乾隆年间,山东九州、十府、一百单八县,连年闹灾荒,草都不结籽,只饿得男女老少昏迷不醒,死了很多人。

在山东东昌府青平县有一家姓胡,老两口全饿死了,只剩下一男一女两个半大孩子。男孩十三岁,叫胡傻子;女孩十岁,叫俏妹子。兄妹俩饿得万般无奈,眼望着家乡,倒退着走出村庄,来到关外求生。

兄妹俩打花鼓,唱春歌,到处漂游。他们常唱的春歌是:

春年春月春景和,
春风路上唱春歌,
春天学生写春字,
春女房中绣春罗。

还有《十三月歌》,唱的都是秦琼、罗成、程咬金等瓦岗寨上的山东好汉。

起先,人们把他们唱的玩意儿叫春歌,后来才改叫蹦蹦儿、二人转的。因为唱春歌时妹妹管哥哥叫傻哥哥,哥哥管妹妹叫大妹子,这叫法在二人转中一直流传下来。兄妹俩不忘山东家乡,每次上场都倒退着出场,这种演法也一直保留到中华人民共和国成立前。现在唱丑的二人转老艺人不忘当年的胡傻子,说口时还自称是傻哥哩。

曲艺艺人祖师爷的传说（四则）

一、说书艺人的祖师爷周庄王

传说评书、大鼓等说书世俗的祖师爷是周庄王（也有人说周庄王可能是周朝的楚庄王）。清代光绪四年（1878年），沈阳小东门外的老君堂内所立的"江湖行"祖师碑上，正面在"江湖行"三字下边是评词、变彩、八角鼓、大鼓、弦子书五种艺术形式及四十八个艺人姓名，二十个经理人姓名。背面为立碑缘由，碑文中有"宗周庄王鸿德君所遗之清音古词也"等字。传说周庄王有梅、清、胡、赵四大贤臣，就是其四大弟子，分为四大门户。说书艺人收徒时，上供周庄王及梅、清、胡、赵四人。两旁对联是：

大周君教化归一讲今比古；传门徒留下后世唱曲说词。上边横批是："四海为家"四个大字。

在焚香拜祖师时有八句词是：

  论起说书事，供奉周王主。
  大周十六帝，一齐归东土。
  只因劝黎民，留下唱大鼓。
  遗留说评词，一共分八户。

由此可知，说书唱曲，是为了劝人行善，所以老百姓说"说书唱戏劝人方"。

传说中，周庄王的诞辰是农历四月二十八。故此，中华人民共和国成立初期有的曲艺人建议把这一天作为"中国曲艺节"。虽然未能实现，但是也可以看出曲艺艺人对祖师爷周庄王的重视。

二、李梦雄兄妹留下二人转

咱们二人转起源的传说很多，这是其中一个。听老辈讲，二人转是明朝李梦雄、李桂贞兄妹留下的。那是明朝万历年间的事，当时太监刘瑾专权，残害了许多忠良。李梦雄兄妹家住陕西凤翔府，他父亲在山东当官，为人耿直，不会溜须拍马，得罪了太监刘瑾。刘瑾就造个罪名把他杀了，还要抄斩满门。李梦雄兄妹武艺高强，一怒之下打退了官兵，改姓换名逃出家乡，就靠唱凤翔歌为业，到处流浪。这一天，他们兄妹来到山东地界，前不着村，后不靠店，想到一座古庙中歇脚。进门一看有个女子正在痛哭，李桂贞问她："这位大姐，为何在此啼哭？你说出来，我们兄妹也许能为你分忧。"那女子说："我叫张金芳，父亲远出在外，把我送到姑母家中。姑母心刁手狠，成天打我。我忍受不过，偷跑出来，寻找爹爹。如今寻亲不见，手中又无钱，故此在这里啼哭。"李桂贞说："我们兄妹是唱凤翔歌卖艺的，四海为家。你要不嫌弃，咱何不拜为干姐妹，也好一块度日。我们兄妹帮你去寻找父亲。"张金芳点头说："好。"三人结拜成干兄妹，在庙内住了一宿，第二天来到附近的王家集卖艺。李梦雄兄妹俩一连唱了三出小戏，头一出是《柳展雄、朱英台结拜》，第二出是《赵匡胤千里送京娘》，第三出是《拜月记兄妹团圆》，都是兄妹的故事。当场有个王景龙叫好，把他们三人邀家中去唱戏。这个王景龙是地方一霸，他想找机会害死李梦雄，把两个姑娘霸占到手。不料这天有个小和尚来送信，叫他上泉林寺去，说有要事相商。王景龙去后，张金芳很不安，沉思了半天，才对李梦雄说："我见这个王景龙不是好人，此处不可久留，咱们三个快逃走吧。"李梦雄说："你咋知道他不是好人？"张金芳说："实不相瞒，我并非张金芳，我叫刘月鹤，是男扮女装。"李梦雄兄妹听罢一愣。这是怎么回事呢？

原来刘月鹤是当朝内阁刘奇的公子，今年要进京赶考，骑的是一匹皇上御赐的宝马千里驹。他带领老仆人刘来，走到山东泰山脚下泉林寺投宿。庙内住持叫孔孟和尚，他见这匹马好，想杀死刘公子，夺下这匹宝马良驹。半夜密谋，被出来解手的刘来听见，慌忙告诉了公子。主仆二人分成两路，老仆人刘来把和尚引走，刘公子只身逃出十几里，找到一家借宿。这家老太太正是孔孟的母亲。她假意安排刘公子住在东厢房，就跑到泉林寺去送信。刘公子不知道内情，还当她是好人。多亏这老太太的娘家侄女张金芳，一心要救刘公子，说出了实情，二人私订终身，张金芳叫他男扮女装二次逃走。

刘月鹤在庙内啼哭，巧遇李梦雄兄妹，当时怕走漏风声，这才自称是张金芳。今天他见王景龙被小和尚找去，怀疑他与孔孟和尚是一伙，因此要逃离险地。

　　李梦雄听完刘月鹤的叙述说："不要怕，你赶快再换男装，我给你一些盘缠钱，你去进京赶考、寻父。我们兄妹俩都有武艺在身，一定要去泉林寺看看他们都干些什么勾当。"三人这才分手。

　　王景龙与孔孟果然是一伙。太监刘瑾早想篡权谋反，他设计把万历皇帝诓到泉林寺降香，想借孔孟之手刺王杀驾。孔孟得信，把王景龙找来帮忙。

　　李梦雄兄妹赶到泉林寺，正遇见孔孟一帮凶和尚，王景龙带一帮打手追杀皇上。兄妹俩上前打死王景龙和两个和尚。孔孟不是对手，骑千里驹跑了。

　　李梦雄兄妹救驾有功，被皇上带回京城，都封了官。刘瑾见诡计失败，就嫁祸于人，硬说内阁刘奇勾结孔孟和尚，有御赐千里驹为证。皇上听了他的鬼话，要打刘奇，多亏徐延昭保奏，才押进天牢，又派李梦雄去寻找千里驹，回来再对证。

　　刘月鹤千辛万苦到了京城，被刘瑾抓住押在狱中。张金芳因为放了刘月鹤，天天受姑母打骂，也跑到京城。她听说刘家父子狱中受苦，就去探监，结果叫刘瑾发现，也被关在牢中。

　　孔孟和尚骑着千里驹，逃到黄公山，冒名李梦雄占山为王，消息传到京城，刘瑾告李梦雄是反叛，把他妹妹李桂贞抓进监牢。朝廷派官兵去剿黄公山，连连失败，后来真李梦雄赶到，活捉孔孟和尚，夺回了千里驹，得胜还朝。孔孟供出了刘瑾谋反。皇上传旨，把刘瑾和孔孟一起开刀斩首。刘奇一家冤案昭雪，刘月鹤和张金芳拜堂成亲。李桂贞也被放出来，皇上要加封李梦雄兄妹二人，李梦雄看出朝廷黑暗，不愿在朝为官。刘奇父子感谢他救命之恩，把千里驹赠送给他。李梦雄骑马出京四海为家。后来从山海关来到关东，卖艺为生，教了一些徒弟，凤翔歌在东北传开，久而久之，就演变为二人转。

三、相声艺人的祖师爷东方朔

　　在司马迁的《史记·滑稽列传》中，记述了汉武帝时有位能言善辩的东方朔常出入宫中，敢于代民说话。因此，相声艺人就奉东方朔为祖师爷。

　　清末民初，北京相声名家李德钖，艺名叫"万人迷"，是第四代传人，"八德"之一。他灌过唱片。他说单口相声时，常说的一首定场诗是：

　　　　滑稽昔说东方朔，后世遗传贾凫西。
　　　　由清末迄及民国，称王唯我万人迷。

这首诗中，头一句说的就是相声的祖师爷东方朔。第二句中的贾凫西，是明末清初人，自称"木皮道人"，人送绰号贾麻子。他创作过长篇鼓词，称作"木皮鼓词"。对历朝历代的奸臣误国，都大加嘲讽。对好人无好报，也感叹老天不公。因此，他也被相声艺人尊为学习的老前辈。

四、数来宝艺人的祖师爷范丹

传说春秋时期，孔夫子周游列国，被困在陈蔡，没有粮吃，就命子路向花子头范丹去借粮。范丹虽然穷，靠讨饭为生，天天到处讨要，五谷杂粮，给啥要啥，他就一个人，自己吃饱不饿，剩下的陈粮很多。子路找到范丹一说，范丹就答应了。供给了孔夫子一批粮食，讲好了，一年后就还。到一年后，范丹来要粮食，孔夫子说："你没儿没女，要那么多粮食干什么！吃不了都放坏了。"范丹说："我没儿没女，还有徒子徒孙呢。他们也得天天吃饭哪！"孔夫子说："这好办，从今以后，你的徒子徒孙闯荡江湖，凡是过年门前贴红对子的人家，都允许他们去讨要，这就是前人借债后人还。"范丹一听，说："好吧。"说完就走了。因此，后来数来宝的艺人，到谁家都得给他钱，这就是替古人孔夫子还债。

还有一说，数来宝艺人到各种商店前都能打板数唱，如"打竹板，进街来，一街两巷好买卖。掌柜的发财我沾光，掌柜的吃肉我喝汤。"唯独到饭馆门前，不能打板，必须有一套成词："闯荡江湖，走北闯南……今天来到贵店门前，玉石栏杆把马拴，师兄师弟多多包涵。"这是怎么一回事呢？原来饭馆的祖师爷鲍叔牙，与数来宝艺人的祖师爷是磕头兄弟。当年鲍叔牙开饭馆米面不够，也向范丹借过粮食，因为是师兄师弟，范丹就一直没往回要。他收徒弟，说过此事，咱们这行与开饭馆的那行，有兄弟之情，不是外人，你们到饭馆前不要打板唱数来宝，只要说了我教的一套话，他们就明白，一定会给钱的。因此，数来宝艺人这个规矩，一代一代传了下来，如果有的艺人在饭馆门前唱数来宝，那就是没有师父的"海青腿"——外行。

（注：范丹一作范冉，字史云。东汉时人，生活极贫。在民间传说中则把他说成是春秋时人。）

手艺人祖师爷的传说（三则）

一、铁匠的祖师爷老君

太上老君姓李名耳，春秋时人。传说他母亲怀他七十二年（一说八十一年），才在李树下剖腹而生。他生下就是满头银发，有很长的白胡须。耳朵长达七尺，活像一个老头儿，故此称作老子。他是以李树为姓，长耳为名，故此名叫李耳。早在汉代，中国就有太平道，入道的要先交五斗米。故此，又叫五斗米道。唐代的皇帝姓李，自称为老子李耳的后代。后来中国的道教正式形成，道徒们把老子尊为道教之祖。在神怪小说《封神演义》中，老子帮助过姜子牙保武王伐纣。他上阵斗妖，常骑一头青牛。书中有一段"老子一气化三清"的情节。他一个人能变化出三个人来。在另一部神怪小说《西游记》中，他住在天庭的斗牛宫，宫中有一口八卦仙炉，他说任何妖怪，只要投入炉中，靠三昧真火，就可以在十二个时辰内，烧化成灰。东胜神洲花果山上有一只石猴，名叫孙悟空。大闹天宫，被天兵天将拿住，太上老君要将妖猴活活烧死，一连烧了三天三夜，八卦炉被孙悟空给踢翻了。他在炉中反而炼成了铜头铁臂，火眼金睛，一个跟头又飞回花果山，自封为齐天大圣。后来是西方佛祖如来佛，用佛掌五指才把孙悟空制服。孙悟空被压在五行山下，五百年后，跟唐僧西行，一路上斩妖除怪，最终到达，修成正果，被佛祖封为斗战胜佛。可能是因为太上老君有八卦神炉之故，后来他被铁匠、小炉匠（补锅的工匠）和煤矿工人都供奉为本行的祖师爷。他们都希望老君能保护炉火和矿山平安。在中华人民共和国成立前，各市县都立有祖师庙，庙内供奉着天下一百二十行的祖师爷。因为太上老君年纪最大，资格最老，他的塑像位于正中。

二、木匠、石匠的祖师鲁班

传统京剧《小放牛》是一出歌舞小戏。舞台上的牧童与村姑，有许多问答对唱，唱的全是天上的神仙和古代的奇人，其中有一段四问四答的唱词是：

问：赵州桥是什么人修？
　　玉石栏杆什么人留？
　　什么人骑驴桥上走？
　　什么人推车压了一道沟？
答：赵州桥是鲁班爷爷修。
　　玉石栏杆是圣人留。
　　张果老骑驴桥上走。
　　柴王爷推车压了一道沟。

这几句中说的鲁班、张果老、柴王爷，都与赵州桥有关。赵州桥又名安济桥，位于今天河北省赵县南的洨河之上，是现存的古代大石拱桥。据考证，赵州桥实为隋朝巧匠李春建造。可是在民间传说中，却说赵州桥是鲁班修的。鲁班是中国古代建筑工匠，相传姓公输，名般，鲁国（今山东省）人。俗称为鲁班。他是木匠的祖师爷，也是石匠、泥瓦匠的祖师爷。他会盖高楼大厦，还会建桥造船。鲁班的老婆也是个女子中的巧匠，传说雨伞、旱伞，都是她最早做出来的。

一次鲁班修建王宫，一时粗心，把房椽子的尺寸计算小了二尺。要造坏了王宫，可是杀头之罪。他愁了三天没有睡好觉，后来他受到雨伞架子的启发，把房椽子接上了一大截，房檐往上翘了二尺多，这么一改，房檐上翘，更美观了。歪打正着，还受到了国王的奖赏。后来的皇宫，金銮宝殿的房檐，都是照鲁班改过的样式建造的。人们把许多又美观又结实的名桥，都说成是鲁班爷造的，这其中就有河北的赵州桥和北京的卢沟桥，连卢沟桥两边桥栏杆上的石狮子也说是他雕刻的。山西恒山半山腰上奇巧的悬空寺也说是鲁班爷设计建造的。

第二句说的圣人，不是文圣人孔子，也不是武圣人孙武子，而是被石匠、木匠尊为圣人的鲁班。

第三句中的张果老，是传说中的"中八仙"之一。唐朝时他经常倒骑毛驴在长安城出现，据他自己说，他已经八百多岁了。传说张果老听说鲁班修好了赵州桥，他就骑毛驴从桥上走过去。他的神驴，力气很大，在石桥的桥板上，还留下了几个驴蹄印呢。

第四句中的柴王，名叫柴荣，是五代时北汉的一个卖雨伞的。他经常推车，四处卖伞，有一次半路上遇见两位好汉，一个是"天下第一棍"的红脸大汉赵匡胤，另一个是卖油的黑脸汉子郑恩。这三个人结拜为异姓兄弟，柴荣是大哥，赵匡胤是二哥，郑恩是三弟。兄弟三人，行走江湖，到处抱打不平。有一次柴荣为民除害，打死了一个有财有势的恶霸，摊上人命官司，官府要抓他，他就带着赵匡胤、郑恩一块去投奔姑父郭威。

这个郭威，是后周的开国皇帝。郭威无子，把这个妻侄当儿子看待。连柴荣的两个结拜弟弟赵匡胤和郑恩也借光，在朝中做了武将，都为后周立过战功。后来郭威临终时，就把皇位传给了侄儿柴荣。柴荣又做了六年皇帝，他死后，才三岁的儿子柴宗训即位。众将们都认为一个不懂事的孩子当皇帝，不能治国安邦。有一次大将赵匡胤奉旨出征，要去攻打契丹人的辽国，出了皇城，驻在陈桥驿，有人把一件准备好的黄袍披在赵匡胤身上，大家一齐跪下，口呼："万岁！"非要大将军赵匡胤答应称帝不可。赵匡胤无奈，只好答应。赵匡胤黄袍加身，成了大宋朝皇帝。不过他不忍心杀害大哥柴荣的儿子，就封柴家世代为王。

再说那后周世宗柴荣，死后成神，还常推车走遍天下。他听说张果老神驴过赵州桥，也没把桥踩坏，只留下了几个驴蹄子印，这柴王就推车也来到赵州桥。这一回他施仙法，把三山五岳全聚在了小车之上，想试试鲁班修过的赵州桥到底结实不结实。结果，他推车从桥这头一直走到桥那头，这石桥上只压了一道沟。直到今天，赵州桥还是好好的。

三、剃头匠的祖师罗祖

传说当年孙悟空大闹天宫时，与杨二郎交战。他俩大战三百个回合，未分胜败，最后孙悟空的金箍棒把杨二郎的三尖两刃刀打掉了一个碴。这个刀碴从天上落到地上，掉进了杭州的西湖之中。有个姓罗的渔夫，在西湖下网打鱼，把这个刀碴给捞了上来。他看这块刀碴的钢口很好，就用磨石磨了磨，安上一个刀把。他用这把刀来剃头、刮脸，非常好使。他常给四邻的好友来剃头、刮脸。后来找他剃头的人越来越多，他就不再以打鱼为生，改成了剃头匠。因此，后世的剃头匠都尊他为祖师爷，称他为罗祖。

地方的传说（四则）

一、沈阳城为何九个门

沈阳过去是九个城门，除了大东、小东、大南、小南、大西、小西、大北、小北八门八关外，在大北门（福胜门）与小北门（地载门）之间有一个城门，后来被砌死了。为啥砌死呢？多少年来有个荒诞的迷信传说。老人们说这旧城门里有个蝎子精，常常出来害人。沈阳县的知县发出布告，请人捉妖。有个人自称是张天师的后代，他说："蝎子怕公鸡，必须找个酉年酉日酉时辰生，属鸡的人，方能制服蝎子精。"昏官知县派人到处查访，后来找到一个卖煎饼的山东老太太，不容分说，硬抓来活活砌死在城门洞里。不久，半夜三更，人们常听见这块有人喊："山东大煎饼！山东大煎饼！"人们都说这个老太太死得太屈。

这个故事流传多年，直到1956年城市改建扒城墙，扒出一块石碑，才解开这个谜。原来明朝时沈阳旧城是十字大街，四门四关。老汗王努尔哈赤由辽阳迁都沈阳后，改名盛京。他嫌旧城太小，就改为井字形大街，扩大为八门八关。唯有北墙是利用旧城改建的，所以留下一个旧城门——安定门，变成了九门九关。后金是八旗制，以八字为吉祥，不久就砌死这个旧城门。因城墙年久失修，外面后砌的砖坏了，露出了旧城门，再加上旧城墙上常出现蝎子，所以人们就编造出上述这个稀奇的传说。这一回真相大白，破除了迷信。

（耿葛氏讲述。）

二、辽阳白塔

古城辽阳的白塔，是金代留下的，有一千年了。由于年久失修，中间有的地方裂了一道缝，官府想找人去修，可是那么老高，人怎么上去呀？有人就到处访问能工巧匠，有一天遇着一位白发老人，就问他有啥办法。老人说："我这个土埋半截的人，有啥办法呀！"这一句"土埋半截"启发了人，何不把白塔周围培上黄土，土高了，人就能上去了，中间修好了，可是白塔尖上的琉璃瓦也坏了，这可咋修哇？有一天，来了个锔锅匠，高声大喊："锔大家伙啦！锔大家伙啦！"有人说："你会锔什么大家伙？白塔又高又大，是个大家伙，你能锔上吗？"老头儿说："我就试试吧！"说完就不见了，大家都很奇怪。第二天早晨下大雾，对面不见人，伸手不见五指，就听白塔上边叮当叮当响。天快晌午了，大雾散开，大家抬头看，只见白塔尖上的琉璃瓦都修好了，金光闪闪，跟新的一样。人们这才明白，那个老头儿是天上的神仙，这回下凡，是专为修白塔来的。

三、辉南的传说

"先有辉发城，后有辉南县。"当地老人都这么说。

辉发城在朝阳镇（现辉南县政府所在地）东南十八里地的辉发江边、龙首山下。辉发城原是明末海西女真四部之一"辉发（灰扒）"部的中心。辉发河河水清澈见底，龙首山山高林密。山头上两棵古松，像一对龙角，靠河岸有一块大岩石伸出水面，像龙嘴正张开在喝江水。山下土城内有一座城隍庙；山上有一座薛大人庙。庙内供着一位头戴瓜皮帽头，身穿长袍马褂的老人，慈眉善目。传说他原来是清朝乾隆年间的一位清官，曾到关东走过许多地方，看中了辉发城这块宝地。他为朝廷劳碌了一生，晚年奏请皇帝，要求到关外辉发城养老。可是一位奸臣说，辉发城是辉发部旧地，当年太祖爷（努尔哈赤）的建州部吞并了辉发部，他们的后人心怀不满，有意要谋反，薛大人退归辉发古城是假，勾结山寨强人图谋不轨是真。乾隆皇帝一时听信逸言，下旨杀了薛大人。

后来，乾隆皇帝东巡，来到辉发城，发现这里确实是一个风景秀丽的好地方，当地黎民安居乐业，并没有什么人占山为寇。这才知道自己错杀了贤臣，就传旨在龙首山上修下此庙，让薛大人忠魂永住此山。

宣统元年（1909年），朝廷本来在辉发城立县，因为这里有屈死"鬼"，朝廷怕冲了"鬼市"，就改在辉发城东南三十里外的凤鸣山下立县，取名辉南。又因为怕阳间县小，阴间城大，阴盛阳衰，所以就设立了辉南直隶厅。当时东北只有奉天、营口和辉南三个直隶厅。直到民国二年（1913年）才改为辉南县。中华人民共和国成立后，辉南县人民政府迁往朝阳镇，原辉南县城就变成了辉南镇。

四、薛官吓一跳，一报还一报

辉南县城解放前，卖豆腐的每天早起扛着长方形的豆腐板沿街叫卖。他们的叫卖声很特别，豆腐不叫豆腐，声音好像是"斗——噢！""斗"字拉长音，"噢"短促响亮。不知道的人一听能吓一跳。

当年辉南县直隶厅刚设立的时候，头一任薛姓县官从海龙县带六个差人来赴任。有一天，这县官早起穿着便装在街上先溜达，突然听身后"斗噢"一声，把他吓了一大跳。回头一看，是个卖豆腐的，叫差人打听明白他姓名住处，记在心中。

那时候，刚立县城，要杀个匪人立立官威。可是，到任七天，也没抓到一个土匪，正赶上城南四十五里的福民屯有两家农民是邻居，为争一只鸡打起来，动了刀，这家男人把那家男人一刀杀死了。本来这是失手误伤人命，不够判死罪。但是，薛官见没有土匪作乱，就抓来这个犯人开了头刀。

出大差那天，薛官下令，把那个卖豆腐的也抓来了，一块绑赴法场，把卖豆腐的脸都吓白了。结果，斩了那个杀人犯，当场又把吓昏过去的豆腐匠放开了。薛官当时在法场席棚中问道："卖豆腐的，你知道本官今天为啥叫你陪绑吗？"

"小人不知。"

"七天前，你卖豆腐，噢的一声，吓我一跳，我今天也吓你一跳，这叫一报还一报。"这句话就在辉南城内外传开了。可是卖豆腐的喊"斗噢"这个习惯却一直没有改过来。

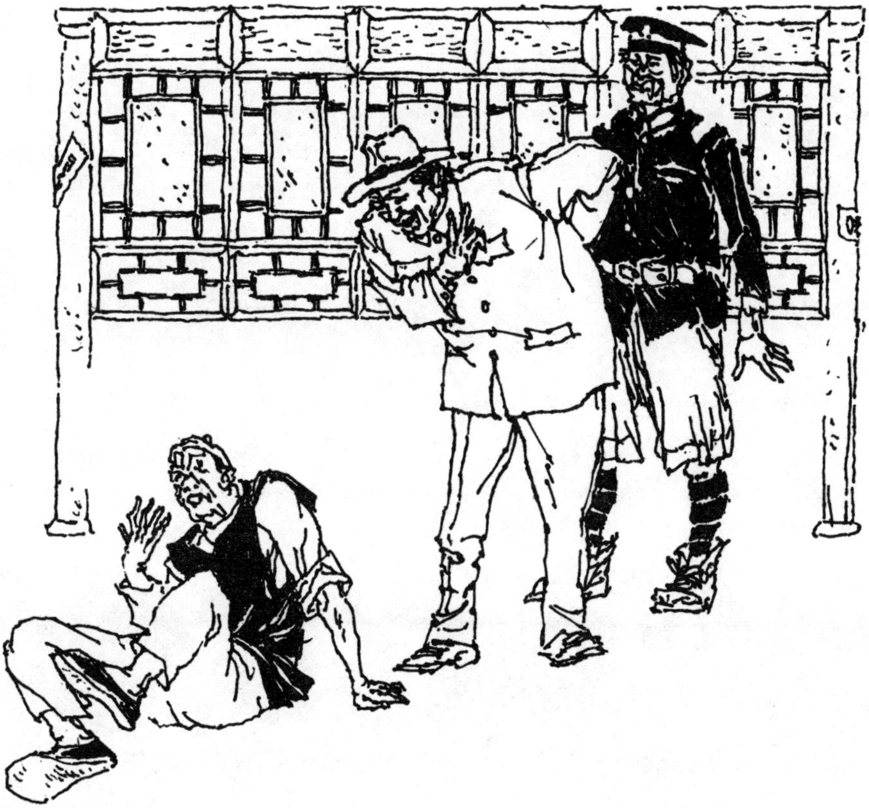

下辑　民间故事

谎张三（系列故事）

前记：智人故事，各族都有，如蒙古族的巴拉根仓、维吾尔族的阿凡提、满族的二拐子等。汉族中流传的张三，也是其中的一个。

张二和张三

老张家哥仨，张大下世早，还剩下张二和张三。张二太老实，老受财主欺；张三心眼儿多，遇事有主意。这一年河西大财主王大肚子要雇长工，张二去了。王大肚子说："旁人家雇人扛活，一年是两石粮，我给三石粮，可有一节：我叫干啥你得干啥，一样不干，就扣一石粮。"

张二说："行。"

这天张二挑水从门外回来，王大肚子说："张二，水井远不远哪？"

张二说："远。"

王大肚子说："嫌远你把井搬院里来吧！"

张二说："我搬不了。"

"你搬不了，好，扣你一石粮。"

张二想扣一石还剩两石，还跟给旁人家扛活一样。

又过两天，张二下地牵马回来，王大肚子说："张二，你牵马上大墙遛遛。"

张二说："我牵不上去。"

"牵不上去，好，再扣你一石粮。"这回只剩一石了，还不如给旁人家扛活。

这天地种完了，王大肚子说："张二，地种完了吗？"

"完了。"

"那好，你上房再给我种几垄豆子。"

"东家，房上不能刨垄种地。"

"你不种，好，再扣你一石粮。"

就这样张二白给王大肚子干了一年，回家跟弟弟一说，张三说："哥哥，明年我去，非把那三石粮食找回来不可。"

第二年正月初六，张三来上工，王大肚子说："你二哥呢？"

张三说："他病了，今年我来扛活。"

"好，咱还是去年那个条件，扛一年大活给三石粮，你有一样不干，就扣你一石粮。"

张三说："行。那我干活你要不让干咋说呢？"

王大肚子说："我有一样不让你干，就加一石粮。"

"好，一言为定。"

这天张三从门外挑水回来，王大肚子说："张三，水井远不远哪？"

"远。挑一趟水来回走三里地，太累了。"

"那好，你把水井搬院里来吧。"

张三说："好吧。"

他把水倒缸里，套上大车就走，王大肚子跟出来，想看看他如何搬井。来到井沿，张三说："老东家，你帮我把井挪到车上吧。"

王大肚子说："井怎么能挪到车上呢？"

"挪不上去咋搬井呢？"

"那就别搬了。"

"不搬，那好，你给多加一石粮。"

过两天，张三下地牵马回来，王大肚子说："张三，你牵马上墙遛遛。"

张三说："好。"

他先上了墙，回头说："老东家，帮我把马牵上来。"

"我牵不了，你快下来吧，别遛了。"

"别遛了，那好，你再给我加一石粮。"

这天种完地，王大肚子说："张三，你再上房给我种几垄豆子。"

张三说："好。"

他拿一把大镐，搬梯子上房就刨。王大肚子说："快别刨了，刨漏了咋住人？我再给你加一石粮吧。"

就这样，张三干一年，挣回六石粮，把财主欠他二哥的三石粮都找回来了。

张三送信娶媳妇

王大肚子恨坏了张三，一心要害死他。他想了三天三夜，想出个坏主意。这天王大肚子把张三找来，叫他给在城里当县官的姑爷去送一封信，给了他二两银子做路费。张三带着这封信，出村一气走出四十里，晌午到路旁小馆打尖，吃完饭，他跟掌柜的说："求你给看看这封信。"掌柜的一看是写给县官的，不敢拆。张三说："我不让你白拆，给你一两银子。"掌柜的见钱眼开，用烧酒润开信封，打开信念道："叫声贤婿听我言，送信之人叫张三，当堂打他三百板，千万给我报仇冤。"

张三一听，这才明白，王大肚子是想害自己，就说："掌柜的，我就是张三，您得救救我，把信给改。"掌柜的不敢改，张三说："我不让你白改，再给你一两银子。"掌柜的问："怎么改？"张三说："我念，你写。"这封信改的是："叫声贤婿听我言，送信之人叫张三，赏他纹银三百两，丫鬟许他配良缘。"原来张三早看上了王家的丫鬟翠莲，一年前随小姐到了县衙。张三拿着改完封好的信，来到县衙门，把信交上去。县官见是岳父写来的信，心想这张三一定是老丈人的大恩人，照信行事，赏给他三百两银子，还把丫鬟翠莲嫁给了他。

火龙禅

张三、翠莲小两口成亲三天，要回村去，县官又叫他给岳父捎一封回信。张三夫妻俩雇一辆小车子，一直坐到村口，二人下车。张三到门口，抬头见房檐下挂满大冰溜子，放在帽子里，进门拜见老东家，谢谢他成全之恩。王大肚子心中奇怪，接过信一看，上边写的是："岳父来信已收见，小婿一切全照办，张三娶了翠莲女，三天回门把您看。"

王大肚子知道又上了张三的当，也只好哑巴吃黄连——往肚里咽。这时候，张三站在炭火盆旁边，叫炭火一烤，帽子里的冰溜子化了，水顺脸往下淌。王大肚子心中奇怪，忙问道："张三，我身穿狐狸皮皮袄还冷，你穿这么单薄，咋还满头大汗呢？"张三说："老东家，你不知道，我穿的是宝衣火龙禅。"王大肚子不信，晚上叫翠莲跟东家奶奶住一起，把张三送到冷磨坊去住。张三一想，我在这屋睡一宿，还不冻硬喽哇。他低头一看，有了。扛起半扇石磨满屋跑，累了放下歇一会儿，冷了扛起来再跑，折腾得一宿没合眼。天亮了，王大肚子进门一看，张三趴石磨上还呼呼睡呢，只见他满头大汗。王大肚子心想，他真有宝衣火龙禅哪，就说："张三，我对你不错，把丫鬟翠莲也嫁给你了。你咋报答我？把这件火龙禅换给我穿吧。"张三说："好吧。"两人就把衣裳换了。王大肚子穿着火龙禅骑马要进城，他想去问问姑爷为啥把丫鬟嫁给张三了。王大肚子骑马出村，正好是北风烟雪，越走越冷，浑身打哆嗦，忽然看见路边有棵大柳树，这棵树有个大窟窿，他把马拴在树上，钻进树洞里想避避风雪，越待越冷，浑身越冷越抱团，不多一会儿就冻僵了。那匹马也冻得受不了，挣断缰绳，顺原道跑回家来了。王大肚子的老婆一看马回来了，人没回来，知道是出了岔。她领张三一路寻来，到大柳树下一看，老头子早冻死了，就一把拉住张三说："你把火龙禅换给老东家穿上，这回他冻死了。你得偿命！"张三抬头一看这棵树，夏天小猪倌烧苞米给烤煳了一大片，就说："我不换他偏要换，这哪是冻死的，这是烧死的，你没看见树皮都烤煳了吗？"老妖婆一看可不是咋的，一拍大腿就哭开了："哎呀我的天哪！老东西呀！放着狐狸皮袄你不穿，一心要穿那火龙禅，把大树烤煳多半边，热死了，你咋不往那雪窝钻哪？"

金马驹和拨魂杖

王大肚子一死，他儿子王大坏就当了家。他恨透了张三，老想为老子报仇。这一天他来找张三，进门一看，张三正在屋里给一匹马刷毛呢。王大坏问："张三，你咋把马拉屋里来啦？"张三说："这不是一般的马，它是金马驹，每天能拉几块银子。"王大坏说："我不信。"张三说："不信你看着。"他手托一个圆盘，一拍马屁股说："金马驹，金马驹，快给我拉银子！"果真拉出来几块碎银子。这是张三事先放进去的。王大坏一看，真是金马驹，就说："张三，你把它卖给我吧，我给你一百两银子。"张三说："好吧。旁人买我不能卖，你爹活着时候对我不错，卖就卖给你吧。"王大坏花一百两银子把马买回来，心想，不到一年我就能捞回本钱，往后还能发发财。这天起来，他手托个圆盘，一拍马屁股说："金马驹，金马驹，快给我拉银子！"连喊三遍也不拉，王大坏拿棍子往里捅，一捅那马喷了他一脸马粪，气得他把马杀了。第二天又来找张三。

张三早知道他还得来。这回他从集上买回俩大西瓜，用五色纸糊了好几层，让媳妇躺炕上盖上被抱着。王大坏进门说："张三，你跟我去一趟！"

张三说："去干啥呀？"

王大坏说："那金马驹是假的，不拉银子光拉粪。"

张三说："你喂的啥呀？"

王大坏说："草料呗。"

张三说："错了，我忘告诉你啦，这金马驹得喂大米，才能拉银子。"

"是吗？那你咋不早说呢？"

"现在说也不晚，你回家喂上大米再看看。"

"还看什么，那马早叫我杀死吃肉啦。"

"那可太可惜了。还好，我家还有一对金马蛋，还没到月，等到月出金马驹，我再送你一个吧。"

王大坏一听还有一对金马蛋，说："这对金马蛋都卖给我吧。我还给你一百两银子。"

张三说:"好吧,不过这金马蛋怕冻,你得叫你媳妇来抱着,用大被盖严,别透风。"

王大坏说:"行。"

他回家赶车把他媳妇拉来,交了银子,把金马蛋抱在车上。

张三说:"我赶车送去吧。"

王大坏说:"好吧。"

张三赶车出了村,车走得特别慢,王大坏说:"我赶吧,快点走。"他接过鞭子,"叭"的一声,那辕马就放了箭,大车颠起来了。前边有道深沟,车一颠,王大坏媳妇一把没抱住,两个西瓜滚到地上都摔坏了,正赶上一对兔子在草沟里,溅了一身西瓜瓤子,一东一西全跑没影了。张三一看忙说:"看,叫你慢点不慢点,这一对小金马驹全跑了。"

王大坏一连上了两回当,这天又来找张三,一进门,见张三媳妇挺在门板上,问:"这是怎么啦?"张三说:"翠莲得急病死了,不怕,我有个拨魂杖,能叫她还魂。"他回屋拿出个用红布包的擀面杖,上拨三下,翠莲抬抬胳膊,下拨三下,翠莲抬抬腿,又拨三下,翠莲坐起来了,说:"好睡好睡。"

王大坏一看这真是一件宝贝,又说:"张三,把它卖给我吧,我再给你一百两银子。"

张三说:"好吧。"

王大坏把拨魂杖买到手,心想:现在是冬天,全家人光吃饭不干活,我何不把他们都药死,等春天种地时候再把他们救活,这样一冬能省下好几石粮。他从集上买来耗子药,偷偷下到饭锅里,把一家老小全药死了,尸首摞在西下屋冻着,到开春要种地了,他拿出拨魂杖,左拨三下,右拨三下,拨了半天,一个也没活,这才知道上了大当。王大坏这回到张三家,不容分说,把张三抓进麻袋里,扎上口背起来就走。来到河边,扑通一声扔进河里,转身就回家了。

张三落水之后,急忙掏出身边的小刀把麻袋割开,他水性好,在河底看见一对大珍珠,取了下来,浮出水面,上岸到集上卖了珍珠,买了一群绵羊赶回家来,半路上正好路过王家大院。王大坏一见张三,心中奇怪,忙问:"张三,你不淹死了吗?怎么又活了?"

张三说:"我到河里,直通水晶宫,见到了海龙王。他要招我当驸马,把龙女嫁给我,我说我家中有媳妇。他又要给我金银财宝,我没要,后来就给我这一群绵羊,我就赶回来了。"

王大坏一听有这好事,一心想娶龙女当驸马,就说:"那你把我送去吧,正好,我现在没了老婆。"

张三说:"好吧,等我把羊赶回家,就送你到水晶宫去。"张三到家安排一下，就来到王家大院，把王大坏装进麻袋扎上口，背到河边，扑通一声扔进河里，转身回家去了。

张三斗鬼

王大坏一家死后，到阎王爷那告发了张三。阎王爷马上派光腚鬼去抓张三。张三知道他要来，先把大麦铺了一院子。光腚鬼来到张三家大门口问："张三在家吗？"

张三说："在家，请进来吧。"

光腚鬼一进院，踩了两脚大麦芒，疼得他一屁股坐在地上，又扎了屁股，疼得他满地直打滚，扎得浑身是刺，跑回地府见了阎王爷说："张三太厉害，我抓不来他。"

阎王爷又派烂眼边鬼去抓张三。张三知道他要来，先熬了一锅水胶。烂眼边鬼到张三家，说："张三，阎王爷叫你，快跟我走！"

张三说："好，等我熬完这锅眼药就走。"

烂眼边鬼说："什么眼药？"

"专治烂眼边的眼药。"

"正好我也烂眼边，给我上点吧。"

张三说："好。你先闭上眼睛。"

烂眼边鬼闭上眼睛，张三给他抹上水胶，说："你冲太阳站着，一会儿眼药干了就好了。"

烂眼边鬼冲着太阳站着，不一会儿水胶晒干了，两眼疼得钻心。张三两口子就一齐动手打他，疼得他满地打滚。翠莲是小脚，鞋头前包着铜尖儿，上去一脚，把水胶踢裂了一道缝。烂眼边鬼看见道儿，这才跑回地府，见了阎王爷说："张三真厉害，快换别的鬼去吧。"

阎王爷又派尖腚鬼去抓张三。这回张三先预备下一个小口大坛子，坛子嘴抹上油。尖腚鬼来到张三家问："张三在家吗？"张三说："在，请进来吧。"

尖腚鬼进门一看，张三两口子坐炕上正吃饭，张三说："你先坐下歇会儿，我吃完饭就跟你走。"

尖腚鬼说："你没看我是尖尖腚吗？没法坐。"

张三说："我知道，特意给你准备个好座位。"说完用手一指，尖腚鬼一看是个坛子就坐下了。越坐越往下滑，越滑越往下坐，不多一会儿就全身都坐进坛子里去了，只剩下一个脑袋。张三两口子下地就打他，三打两打，把坛子打碎了，尖腚鬼跑回地府，见阎王爷说："张三果然太厉害，我也抓不来他。"

阎王爷这回派牛头马面来抓张三。牛头马面二鬼到张三家，立刻逼着张三走，张三说："我正拉磨呢，拉完磨就走。"

他干拉也拉不完，牛头马面说："你拉得太慢了，我们哥儿俩帮你拉吧。"

张三说："好吧。"

就把他俩套在磨杆上，张三两口子拿鞭子就打，打得牛头马面抗不了，挣开磨套一齐跑回地府，见阎王爷细学一遍，阎王爷说："都是一群废物，这回我亲自出马，非把张三抓回来不可。"

阎王爷骑着千里驹，不多时就到了张三家。只见张三拿把大刷子刷一头老母猪呢。阎王爷说："张三，快跟我走。"

张三说："好，我这就去。你骑千里驹，我得骑万里哼去，这家伙哼一哼就是一万里，比千里驹快多了。"

阎王爷说："是吗？那咱俩换一换吧？"

张三说："不行，万里哼认生，要换咱俩得连衣裳一起换。"

阎王爷说："好吧。"

他俩换了衣裳，张三穿上龙衫，戴上五佛平顶冠，骑上千里驹，一扬鞭子先走了，不多时来到地府，到森罗宝殿坐下，众鬼只当他是阎王爷，忙问："阎君老爷，张三抓来了吗？"

张三坐在上边说："抓来了，在后边骑老母猪的就是，他一到地府，大伙就动手，把他乱棍打死！"

众鬼卒说："遵命。"

再说阎王爷骑着老母猪，打一鞭子哼一哼，打一鞭子哼一哼，走了半天才来到地府。一进酆都城，众鬼卒都恨透了张三，大伙动手，乱棍齐下，阎王爷抱着脑袋喊叫："别打，别打，别打，我是阎王爷。"

牛头马面说："你还敢冒充阎王爷，给我狠狠地打！"光腚鬼、尖腚鬼、烂眼边鬼你一拳，他一脚，不一会儿就把老阎王打成肉泥烂酱了。这时候，张三早骑上千里驹跑回家，跟他媳妇翠莲过好日子去了。

（注：陈才口述。谎张三的故事，我听过许多老人讲过，多是零星片段，顶数陈才讲得完整。事隔多年，至今难忘。陈才是饭店的堂倌，有一肚子故事。整理稿除省略张三放羊一节外，基本上是原貌。）

老虎妈子

　　从前，一个山村有一户人家老少四口人，一个妈妈领三个女儿。有一天妈妈挎一筐鸡蛋，去看望小孩的姥姥，走在半道上累了，坐在大树下歇歇脚。这时候来了一只大老虎，老虎变个老太太走过来，说："大姐，你后脖颈儿上有个虱子，我给你拿下来吧。"

　　"好吧！"

　　老虎过来，假装拿虱子，问："大姐，你家在哪住啊？"

　　"就在前边山下那个村，村东头一家。"

　　"家里都有啥人哪？"

　　"有三个丫头，大丫头叫门插关，二丫头叫门丫吊，三丫头叫笤帚疙瘩。"

　　老虎听完，大口一张就把"大姐"给咬死了。它换上"大姐"的衣裳，快天黑时来到她家，上前叫门："门插关，给妈开门！"

　　大丫头从门缝看看，外边的人不像妈妈，没给开门。

　　"门丫吊，给妈开门！"

　　二丫头听声音不像妈妈，也没给开门。

　　"笤帚疙瘩，快给妈开门！"

　　三丫头人小不懂事，把门开开了。大丫头要点灯，老虎说："别点灯耗油了，天黑上炕睡觉吧！"说完后，老虎先上炕睡在炕头，盖上被，说："门插关，来跟妈睡。"

　　"不，炕头热，我睡炕梢。"

　　"门丫吊，来跟妈睡。"

　　"不，我挨着大姐睡。"

　　"笤帚疙瘩，来跟妈睡。"

　　三丫头钻进了"妈妈"的被窝，小孩用手一摸说："妈妈，你身上咋有毛啊？"

　　老虎说："那不是毛，是天冷，你姥姥给我一件翻毛大皮袄。"

小孩又一摸，说："妈，你身后咋有一条大尾巴？"

老虎说："那不是尾巴，是一辫子大蒜。"

不一会儿小三睡着了，老虎一口把她咬死，先吃小孩的小手指头。

大丫头问："妈，你嘎巴嘎巴吃啥呢？"

老虎说："你姥姥给我几根胡萝卜，让我啃啃压咳嗽。"

大丫头说："给我一根。"

老虎扔给她一只手指头。

二丫头说："妈，也给我一根。"

老虎又扔给她一只手指头，大丫头小声对二丫头说："这不是胡萝卜，是小妹妹的手指头，这个妈妈一定是大老虎变的，咱俩快跑吧。"又大声说，"妈，我要撒尿。"

"就在屋里往尿罐里尿吧。"

"不，尿屋里太臊，我上院里尿去。"

二丫头说："妈，我也去。"

老虎说："快去快回。"

她俩开门，来到院里，爬上井边的一棵大树。老虎左等没回来，右等没回来。它爬起来下炕到屋外一看，小姐俩都在大树上呢，就说："你们两个快下来。"

"不，我们不下去。"

"你们不下来，我也要上去，可是我不会爬树哇！"

大丫头说："你回屋找一条绳子来，我们俩把你拉上来。"

老虎回屋找来一条大绳子，这头绑在腰上，那头甩到大树上。小姐俩拉住绳子往上拽，边拽边说："你不是我妈，你是老虎妈子。一定是你先吃了我妈，又吃了我小妹妹，你下去吧。"小姐俩一松手，老虎掉进水井里淹死了，它再也不能害人了。

（附记：这个《老虎妈子》的故事，外国叫《狼外婆》，世界流传，几乎人人会讲。我小时候听妈妈讲的第一个故事就是《老虎妈子》。1946年，安波写过童话歌剧《老虎妈子》。我还演过剧中的老虎。过去老人常给小孩讲的这个故事，现在我的孙子、外孙子都没听过。我现在凭回忆把它写下来，是希望除恶扬善的民间故事一代一代传下去。）

王小打柴

从前有户人家，只有母子二人，儿子名叫王小，打柴为生。他每天上山打两挑柴火，自家留着一挑烧，另一挑卖钱，换米和菜，母子俩吃。

一天王小上山打柴，晌午了，他坐在一块大石头上，拿出两张饼、两个咸鸭蛋，刚要吃，忽然旁边来了一个白胡子老头儿，走到近前说："小伙子，老汉我两天没吃东西了，饿得两眼发黑，你行行好，给我一张饼吧！"王小抬头一看，这老头儿有七八十岁了，衣衫破旧，面黄肌瘦，挺可怜的。就给了他一张饼、一个咸鸭蛋。老头儿接过去狼吞虎咽，吃完也没谢一声，转身就走了。

第二天王小上山打柴，天晌午坐下要吃饼，那老头儿又来了。王小又给他一张饼、一个咸鸭蛋。老头儿吃完又走了。

第三天晌午，老头儿又要去一张饼、一个咸鸭蛋。这回吃完没有走，说："小伙子，你真好。"王小说："老人家，没什么。你明天来，我还给你。"老头儿说："我一连三天，吃了你三张饼，没啥给你的，就送给你一块小石头吧。"

老头儿给王小一块又红又亮的小石头，说它叫"榨海干"，扔到大海里，海水立马就干底。

王小回家后，过了半年，他老妈死了，只剩下他孤身一人。王小心中烦闷，来到海边游玩，只见大海汪洋，一望无边，他取出"榨海干"，扔进海里，海水干了。东海龙王受不了，把王小请进龙宫，希望他收回"榨海干"，龙宫的金银珠宝，任凭他要。王小四下看看说："金银珠宝我都不要，我就想要龙床上的那只小白驹。"龙王打了个唉声，说："你真有眼光，给你吧。"王小哪知道这只小白驹是龙王爷的小女儿变的。他收回了"榨海干"，抱着小马驹回到家。转眼之间，夏天到了。王小下田铲地，留下小白驹看家。晚上回来一看，屋里收拾得干干净净，锅里还冒着热气。他掀锅一瞧，有饭有菜，端出来就吃了。一连三天，都是如此。王小心中奇怪，是谁给我做的饭菜呢？第四天，他提前收工，到家扒门缝往里一看，只见那只白马驹下地，打了个滚，变成了一个穿了一身白的姑娘，扎上围裙，就点火做饭。王小乐坏了，推门进屋，双手把姑娘抱住，说：

"白白，原来是你呀！你别再变回马驹了，就嫁给我当媳妇吧！"姑娘羞得满脸通红，点头答应了。

他俩向灶王爷磕了三个头，就算拜堂成亲了。从此，王小每天乐呵呵地去干活，媳妇在家洗衣做饭，小两口和和气气，甜甜蜜蜜。

再说这个县的县官，最爱吃鹌鹑，每天派两个衙役张三、李四上山去抓鹌鹑。天太冷，他们想找个地方暖暖身子，只见山坡上有个人家，敲门进去，只见一位漂亮的小媳妇正坐在炕上剪窗花。二人说明来意，小媳妇端来一个大火盆，二人过来一边烤火，一边看着这个小媳妇，黑头发，白脸蛋，一对水汪汪的大眼睛，只见她左手拿一张大红纸，右手拿一把剪子，一会儿剪一只梅花鹿，一会儿又剪一只大凤凰。二人四只眼睛都看直了，突然闻到一股煳巴味，低头一看，手里拎的两只鹌鹑都烧煳了。张三说："这可怎么办？"李四说："回去准得挨板子。"王小媳妇说："不用怕。"说完，她就剪了一对鹌鹑，吹了一口气，变成了真鹌鹑。二人千恩万谢，拿着鹌鹑走了。他们回到县衙，把鹌鹑交给了厨房大师傅。不多时做好了送进上房。县官一吃，觉得今天这对鹌鹑特别香，就问张三、李四："你们今天是在哪儿抓的鹌鹑？不知道这对鹌鹑是吃什么长大的，咋这么香啊？"二人不敢隐瞒，就照实说了。张三说："小人有罪，我俩原先抓那对鹌鹑烤煳了，这是一个俏媳妇用大红纸剪的，她吹了一口气，就变成了真鹌鹑了。那个小媳妇，手巧人也俏，真是深山出彩凤，野岭有佳人哪！"县官一听，这不是仙女吗？他马上叫张三、李四打听这佳人的丈夫是谁。第二天张三、李四打听明白，回来说："那佳人是王小的妻子。"县官马上叫人把王小传到县衙，对他说："本县听说你妻子是个美貌的天仙。我赏你百两纹银，你把她让给我吧。"王小说："老爷，我们是恩爱夫妻，不能分开呀！"县官说："那就这样吧，明天咱俩在东门外校场骑马比赛，你赢了，我赏银一百两；我赢了，你就把佳人交出来。"

王小回到家中，愁眉不展。媳妇问他因何而愁，王小把县官的话学了一遍，媳妇说："这不用害怕，我自有办法，你安心睡觉吧。"

媳妇拿一张大红纸，剪了一匹大红马，吹了一口气，变成了真马。

第二天王小起来到院子中一看，大树下拴着一匹马。王小说："这匹马骨瘦如柴，能行吗？"他媳妇说："这是火龙驹，日行千里，夜行八百，你骑它比赛准能赢！"

王小吃完早饭，骑马来到东门校场，只见县官牵着一匹大白马也到了。县官见王小骑了一匹瘦红马，走道都打晃，连个鞍子也没有，心中暗暗高兴，扬扬得意。四周围着好几百人来看热闹。只听见鼓声一响，两匹马向前跑去。一连跑了两圈，都是白马在先，红马落后。县官回头看看，心想：今天我准把仙女赢到手。王小心中暗暗着急，紧追不舍。到第三圈。瘦红马像疯了一样，四蹄蹬开，蹄了上去，老百姓个个拍手叫好。县官马上加鞭，眼看马头接上马尾，突然，瘦红马后蹄一扬，正踢在大白马眼睛上，疼得它一尥蹶子，县官从马上掉下来，摔个鼻青脸肿。等两个衙役过去把他搀扶起来，再看王小的红马跑到终点了。老百姓一片欢呼，县官气坏了，说："王小，你的红马踢伤了我的白马。限你三天，赔我白银百两。到时候，没有钱，就把你媳妇交出来。不然我就派人去抢亲！"

王小骑马回家，把比赛经过说了一遍。媳妇说："你不用害怕。我有办法制这个狗官。"

巧媳妇回到龙宫，借来三个宝匣。到第三天，夫妻俩坐在小船上，见狗官带一帮差人来了。巧媳妇先打开了雨匣，立刻天降大雨，洪水滔滔，把来抢亲的人都给淹入水中。巧媳妇又打开风匣，立刻一阵寒风袭来，把洪水全都冻成冰了，抢亲的人一个个只露了个脑袋瓜。巧媳妇说声："动手！"夫妻二人一人一把铁锹，抢下了狗官和差人的脑袋。巧媳妇又打开火匣，立刻太阳出来，冰水全化了，顺流而下，冲走了那些尸体、死人头。小两口坐船而去，得道成仙了。

九 头 鸟

从前，在一个山村里住着二人，一个叫王恩，一个叫石义，是结拜兄弟。

有一天，石义上山打柴，遇见一位白胡子老头儿。老头儿送给石义一只小木船，只有枕头大。老头儿说："你多咱看见村东头龙王庙门前一对石狮子的眼睛红了，就要发大水，你赶快回家，坐在船里逃生。"石义说："这船这么小能装下人吗？"老头儿说："这是一只宝船，你说一声大大大，它就能长大，全村上百人，也能装得下。"

石义把宝船带回家，每天去龙王庙门前看那一对石狮子。过了半个月，这天早晨去一看，俩狮子的四只眼睛都红了。他赶紧回家，拿出宝船，说："大！大！大！"那只小船真的越长越大，转眼之间，有三丈多长，他上了船。这时山洪下来了，洪水滔滔，把全村的房屋、大树都冲倒了，他救下男女老少许多村民。还有一群群萤火虫、蚂蚁、蝴蝶也落在船帮上，都得救了。洪水过后，重建家园。石义上山去砍木头，突然从东南方向来了一阵风，他抬头一看，天上有一只磨盘大的九头鸟，抓着一个姑娘奔西北方向飞去了。

三天以后，他进城买东西，看见衙门前贴着一张黄榜，听见有人念道："皇姑被妖精捉去，音信皆无。有人能救回皇姑，是老人赏银千两；是青年没结婚的，就招他为当朝驸马。"石义听罢，撕下了黄榜，跟着看榜的差人来见县官。说："我能去捉妖，救出皇姑。"县官一听，心中高兴，就命四个差人跟随他前去。王恩闻信，也来帮忙。他们往西南方向，翻过了三个大山，看见前边大山有个深洞。石义要进洞去寻找皇姑。他坐在大筐里，带上两只卜鸽，言明到了洞底，先放一只鸽子上来。等找到皇姑，再放第二只鸽子上来。王恩和四个差人守在洞口，用大绳子把筐绑上，石义坐筐进黑洞之中。不多时，感觉大筐落地，到了洞底，先放一只鸽子飞上去，上边的绳子不动了。

石义在洞里，啥也看不见，他摸黑走了有半个时辰，摸到了一个石门。他开门进去，看见里面挺亮，有院子有房子。他来在房前，问了一声："屋里有人吗？"听见屋里有个女人说话："有，你是谁呀？"石义说："我是石义，特来救人的。你是皇姑吗？"里面的人答一声："正是。门没插，你快进来吧。"石义进屋见到皇姑，说明情况。皇姑说："那九头鸟把我抓来逼我嫁他为妻，我没答应。它让我再好好想想。一晃几天过去了。今天九头鸟出洞打食去了，估计快回来了。我告诉你，那九头鸟中间的大脑袋是真的，两边的八个小脑袋都是配搭，还要记住，九头鸟睁眼睛是睡着了，它闭上眼睛时才是醒着，你先藏在我的床下边，一会儿九头鸟回来时，看准机会你再杀了它。然后我们一块逃走。"

　　石义刚藏到床底下，忽然一阵风吹，九头鸟飞回来了，进屋后对皇姑说："我带回了山梨野果，你快吃吧。"皇姑边吃边说："真好吃，你这个九头鸟，对我真好。我算了算，明天就是良辰吉日，我答应与你拜堂成亲。"九头鸟一听皇姑答应了亲事，非常高兴。它出去半天，身子累了，不一会儿就睁眼睛睡了。皇姑对床下说："石义，你快出来吧！"石义出来后，一斧子就把九头鸟中间那个大脑袋砍下来了。石义见妖鸟已死，马上拉着皇姑出房，往洞口方向跑去。来到洞底，伸手摸到了大筐，他让皇姑先坐进去，然后放了第二只鸽子。上边的人一见鸽子，马上往上拉大筐。不多时，把大筐拉出了洞口。王恩一看，只有皇姑，没有石义，当时起了坏心，说："不好，九头鸟追上来了！快往洞里扔石头！"四个差人都往里边扔石头，把洞口给堵死了。王恩带着皇姑，回到县衙，县官又安排车轿，把皇姑与王恩送进京城。到了皇宫，皇上错把王恩当成了搭救皇姑的大恩人，就决定招他为驸马，三日后拜堂成亲。

　　再说洞里的石义，等了半天，大筐没下来，却下来了许多石头。心想：一定是王恩起了歹意。这洞口是上不去了。他只好又往回走，突然，看见一串串亮光，原来是一群群萤火虫引路，前来报恩。石义跟着萤火虫，找到另外一个洞口爬了出来。等他三天后到皇宫，才知道今天午时，王恩就要与皇姑成亲。他向皇上告发了王恩冒功之罪。王恩反而说石义是冒功之人，二人争论不休。皇上命太监取来两袋米，一袋大米，一袋小米，都混在一起，说谁能在一夜之间，把大米、小米都分开，就招谁为驸马。石义看着一大堆大米、小米，心想：这得多长时间，才能一粒粒都分开呀？这时报恩的一群蚂蚁爬来了。公蚂蚁往左搬大米，母蚂蚁往右搬小米，不到半夜就都分开了。那个王恩，忙了一宿，连十分之一的大米与小米也没分开。

　　皇上又命人抬来三顶花轿，说："这中间有一顶轿里是公主，那两顶轿都是空轿。你自己找吧，找对了，就是驸马了，找错了，就永远也别想当驸马。"

　　石义看看，三顶花轿一模一样，心想：皇姑到底在哪一顶轿子里呢？他左思右想，拿不定主意。这时，两只蝴蝶报恩来了，都落在中间那顶轿上，石义用手一指："就是这顶轿。"皇上说："你猜对了。"马上传旨，让石义与公主拜堂成亲。那个冒功的王恩被皇上抓进了天牢，不几天，就死在牢中了。

　　（耿长荣讲述。）

哥儿俩的故事（三则）

一、哥儿俩分家

在早些年，有一家哥儿俩，老大奸，老二傻。老大娶了媳妇，老二还没媳妇。

傻子成天下地干活，有一条大黄狗老是跟着他。嫂子看不惯傻子，一心想害死他。

这天她包饺子，包两样面的，白面饺子里放了毒药，荞面的没有。大黄狗看见了，就跑地里告诉傻子："今天吃饺子你吃荞面的，别吃白面的，白面饺子里有毒药。"傻子记在心里。晚上下工回来，嫂子说："今天咱家吃饺子，你干一天活，挺累的，吃白面的吧，我们没下地，吃荞面的。"傻子说："不，我就爱吃荞面的。"他白面的一个也没动。嫂子只好把白面饺子偷偷地倒扔了。

隔了几天，她又包饺子，这回又包两样，荞面饺子里放了毒药。大黄狗看见又告诉了傻子。晚上傻子下工回来，嫂子说："知道你爱吃荞面饺子，我特意给你包了不少，你赶快吃吧！"傻子说："不，上回荞面饺子吃多了，我吃白面的。"嫂子没办法，就把荞面饺子偷偷地倒扔了。她一看两次害傻子都没害成，就闹着要跟傻子分家。老大问傻子要啥，傻子就要两间草房，一块土地和那条大黄狗。哥儿俩就这样分家了。

转年春天，到种地时候，傻子没有牛，就把大黄狗给套上了，种起地来。

傻子拿个小木棒，嘴里不住地喊："打一棒，摇天晃！"

大黄狗晃着脑袋往前跑。

他又喊："追一追，满天飞！"

大黄狗撒开欢，不到一天就把地种完了。

老大一看，这大黄狗拉犁杖，比牛都好，就跟傻子说："你种完了地，把大黄狗借给我吧！"傻子说："哥哥，行！"

老大把大黄狗也套上了,手拿个大棒子,嘴里喊:"打一棒,摇天晃!"大黄狗一步步迈。他又喊:"追一追,满天飞!"大黄狗还是一动不动,气得老大一顿大棒子把大黄狗给打死了。

过几天傻子来要大黄狗,老大说:"打死了!"傻子问:"埋在哪了?"老大说:"埋在后山大柳树下了。"

傻子来到大柳树底下放声大哭:"大黄狗哇,你死得苦哇!"这一哭,树上噼里啪啦往下掉树枝,傻子捡起来回家编了个小元宝筐。他手托着元宝筐喊:"东来雁,西来雁,到我筐里下个蛋!"

果真来了几只大雁,在筐里下完蛋飞啦。他又喊:"东来鹁,西来鹁,到我筐里捂一捂!"

又来了一群鹁,也在筐里下完蛋飞啦。

傻子拿这些蛋到集上卖了很多钱。他哥哥听说傻子有了宝筐,又来把元宝筐借去了。老大手托元宝筐在门前喊:"东来雁,西来雁,到我筐里下个蛋!"来了一群大雁,到筐里拉了满筐屎。

他又喊:"东来鹁,西来鹁,到我筐里捂一捂!"又来了一群鹁,也是不下蛋光拉屎。气得他把元宝筐踹巴踹巴,扔灶坑里烧了。

过几天,傻子来要宝筐,老大说:"叫我扔灶坑里烧了!"

傻子就蹲在灶坑门脸,用烧火棍往外扒拉。嘴里还喊:"元宝筐,化成灰,金豆子,往外飞!"一扒拉一个金豆子,一扒拉一个金豆子,不一会儿扒拉出一堆金豆子拿走了。他哥哥一看,灶坑里有金豆子,可是个发大财的机会。两口子就一起扒拉灶坑喊:"元宝筐,化成灰,金豆子,往外飞。"只听噼里啪啦,迸出了不少火星,把这两口子的四只眼睛全崩瞎了。

二、抻长脖

一家哥儿俩,老大奸,老二傻。兄弟俩分居过。

这天哥哥把弟弟骗到河边,把他推水里去。弟弟进水之后,见前边有条道,越走越亮。不一会儿,来到一座石头房,进去一看,屋里有石桌石凳,墙上挂了一面小鼓。他待了一会儿,忽然外面一阵狂风,呜呜山响,吓得他急忙藏到床底下。偷着往外看,走进来老虎、狮子、狗熊和狼四只野兽。老虎一进门闻了闻,就说:"好生人气!好生人气!"狮子说:"咱们出去一天,吃了不少人,还能不带回生人气?"它们四个坐下,又待了一会儿,老虎伸爪从墙上摘下那面小鼓说:"扑楞鼓,扑楞鼓,我要一桌子包子、馒头、热乎饼!"石桌上马上就有了包子、馒头、热乎饼。它们吃完了,把鼓挂在墙上,就驾着风全走了。老二这时肚子也饿了,就从墙上摘下那面小鼓,说:"扑楞鼓,扑楞鼓,我要一桌子包子、馒头、热乎饼!"果真说啥来啥,他饱吃了一顿,知道这是一件宝器,就说:"扑楞鼓,扑楞鼓,赶快把我送回家!"他再一看,自己已经出水来到家门口。他拿出小鼓说:"扑楞鼓,扑楞鼓,我要一座房子,满院子鸡鸭鹅狗!"转眼间啥都有了。

他哥哥一看弟弟没死,还发了财,就来问他咋回事。弟弟把经过一说,哥哥乐颠颠地跑回家对老婆说:"你明天把我也送进河里去吧,我也弄件宝物回来!"第二天老婆子把他推进了河里。哥哥也来到那座石头房,待了一会儿,忽听外面狂风大作,他也藏在床下。这时老虎、狮子、狗熊和狼四个进屋了。老虎说:"好生人气!好生人气!"狮子说:"上回没搜上了当,把宝鼓丢了,今天快搜搜!"不多时就把老大搜了出来,老虎说:"上回一定是你把小鼓偷去了,又来干什么?"老大吓得跪在地上求饶说:"不是我偷的,是我……"没等他把"弟弟"两字说出来,老虎就抓住他脑袋往外抻,不一会儿把脖子抻出好几尺,又一使劲就把他扔了出去。老大细长个脖子,耷拉脑袋走不了了,就一步一步往家爬,到家他老婆一看吓哭了,不知道咋办才好。老大说:"你快去找老二借宝鼓。"老大媳妇去把老二找来,老二敲着小鼓说:"扑楞鼓,扑楞鼓,快给我哥哥治长脖!缩脖!缩脖!……"老大的脖子一点点往回缩,他老婆一看着急了,一把抢过小鼓说:"缩!缩!缩!快缩!快缩!"老大的脑袋一下子缩腔子里憋死了!

三、太阳山

有一家哥儿俩,老大奸,老二傻。兄弟分家过。这年春天,老二来找哥哥借种子,老大心太坏,把种子全用锅炒熟了,只有一粒高粱掉在锅台上没炒熟。老二不知道,回去就种上了,只出了一棵苗。他每天细心侍弄,到秋后,那棵高粱长得像小树一样。一天飞来一只老鹰把高粱穗给叼跑了,老二就坐在地里哭,不一会儿,老鹰飞回来落下对他说:"你不用哭,快回家取个口袋来,我领你上太阳山取金子去。"老二取口袋回来,趴在老鹰身上,老鹰飞上天去,好长时间,来到太阳山落下,老二一看遍地是金子,就装了半口袋,老鹰又驮他回来了。老二有了钱买了房子置了地,还娶上了媳妇。老大一看老二发了大财,就问他是咋发的,老二一五一十地对他实说了。

第二年老大把一斗高粱也炒了,他故意挑个大粒的种子留在锅台上。种上地后，也是只出一棵苗，侍弄一夏，秋后长了一棵大高粱，叫老鹰叼去了。他坐在地上假意啼哭，老鹰回来，叫他取个口袋回来，他早就叫老婆给缝一条一丈多长的大口袋，马上回家取来，跟老鹰来到太阳山，他一见遍地金子就红眼了。他老婆急着发财，口袋忘了缝底，老大干装也不满，老鹰说："你快装吧，一会儿太阳出来就走不成了。"连说几遍，他也不听，老鹰一看时间到了，就展翅先飞走了。这时，太阳出来了，金子全化成了金水，把贪心不足的老大烧成灰了。

王五寻妻

从前有个庄稼小伙叫王五,他的邻居老刘家有个姑娘叫刘小春。两个人从小一块玩,长大一块上山打柴挖菜,大伙都说他们是天生一对。

后来都长大了,王五托人去求亲,老刘头儿也应下了。不料,有一回老刘头儿发了财,挖出一坛子金元宝,成了暴发户,他不甘心把姑娘嫁给穷小子。想悔婚,还说不出口,就在一天夜里,全家偷偷套车搬走了。谁也不知道这家人上哪去了。

自从刘小春走后,王五愁眉不展,饭也不想吃,觉也不想睡。他娘怕儿子忧愁坏了,就劝他上舅舅家串个门,散散心。王五到舅舅家住了几天,还是像丢魂似的。他舅舅给他几个钱,他有了盘缠,决心走遍天下也要找到刘小春。他从家出来,到处流浪,一晃一年多,也没打听到刘家的下落。身上盘缠花光了,他住不起店,晚上就住在野外的一座破庙里。半夜时,一觉醒来,只听有人说话,他扒开帐子缝一看,吓了一跳。原来是两个野兽:一个老虎,一个狮子。老虎说:"我有个宝贝,是一面小鼓,饿了要吃啥有啥。"狮子说:"我也有个宝贝,是一棵隐身草,插在头上,谁也看不着。"老虎说:"我不信。你插头上我看看。"狮子说:"你叫小鼓变出一桌酒席请我吃,我就插给你看。"老虎说:"好吧。"接着就说:"小鼓,小鼓,听我说,上等酒席来一桌。"果然来了一桌酒席,狮子吃喝完了,把隐身草往头上一插就不见了。老虎这才信服了,说:"狮子兄弟,你快出来吧!"狮子拿掉隐身草,又露了面。老虎说:"咱俩换宝贝吧,我拿小鼓换你这棵草。"狮子说:"我不换。"老虎动爪来抢,狮子不放,两个争来夺去,隐身草掉在地上。王五眼快,一把捡起插在头上,又忙把小鼓捡起来。老虎和狮子不见了两个宝贝,就互相咬起来,王五这时带着两个宝贝,出了庙门上路了。他走累了,掏出小鼓,说:"小鼓小鼓听我话,给我送来一匹马。"

话刚说完,果然来了一匹马。他骑上马,走一段肚子饿了,又掏出小鼓说:"小鼓小鼓请听清,给我送来几张饼。"再一看,手里正拿着几张油汪汪的大饼。

就这样,他一路上不愁吃,不愁住,哪热闹往哪去。听人说"上有天堂,下有苏杭"，他想到苏杭二州逛逛。这天来到苏州城，进了虎丘山，看见庙外停了一乘花红小轿。不一会儿，庙里走出三个姑娘，俩丫鬟引路，一个小姐随后。细一看小姐好面熟，哎呀！这不是我天天想夜夜盼的刘小春吗?！这真是天赐良机。王五忙把隐身草插在头上，抢先一步，上了轿。小姐进轿，轿夫抬起来，心里都奇怪：来时小姐挺轻，回去时咋这么沉呢！

原来刘家搬到苏州，开了绸缎庄。小春想王五得了病，今天病好进庙还愿，她暗中祷告神佛保佑她和王五早日团圆。

花轿到府门，小姐进绣楼，王五也跟上来。有丫鬟在房中，王五没敢露面，等晚上丫鬟走了，王五才叫了一声："小春！"小姐看看四下没人，说："你是人是鬼？"王五说："我是王五。"小姐说："我怎么看不见你呢？莫非你是想我死了，今天魂儿到绣楼了吗？"王五说："不，我是有了隐身草。"说着拔下隐身草，小姐一看是王五，二人抱头痛哭，王五把寻妻得宝经过说完，又说："我半天没吃东西了，肚子饿了。"小姐要叫丫鬟送点心来，王五说："不用，我有小鼓，要啥来啥。"就要了一桌酒席，二人吃完，一块睡了。第二天又插上隐身草，天长日久，丫鬟有些察觉，报告了老夫人。老太太晚上一听楼上有人说话，推门进来，王五没来得及插隐身草，老太太一看大吵大闹，老刘头儿也来了，把他两件宝贝全收了去，说是妖物，都给烧了。又叫家人把王五装在大口袋里，背到百里地外的深山老林，扔进山洞。

口袋掉在树上，王五没有死。他掏出一把小刀割开口袋，也不知道东南西北，到处乱走。肚子饿了，他看见一树青桃，就摘下几个，放在兜里，吃了两个，猛觉得浑身骨节嘎巴嘎巴响，再一看，自己长了满身黄毛，摸摸头上还长了一对大角。一想，自己这回变成野兽了，别想再与小春见面了，就老死在山上吧。又走了一程，见前面又是一树红桃，心想，反正这样了，我再吃几个红桃，爱咋样咋样。吃了两个红桃后，身上又一阵响，再看浑身黄毛也掉了，头上俩角也没了。他知道这是宝桃，又摘了几个装在兜里。下了山，又回到苏州城。成天到刘家门外转悠。这天看见了小丫鬟，上前一打听，才知道，小姐自从王五被抓走后，就病了。他拿出两个青桃，叫丫鬟带给小姐，丫鬟拿桃走了。隔了几天，刘家门前贴出告白，说："本宅小姐突然得了怪病，浑身长毛，头上生角。多少名医看过，都无办法。有能医治小姐病者，不论穷富老少，愿招他为婿。"王五化装成一个老郎中，上前扯了告白。老刘头儿把他接进府门。王五说能治小姐怪病，他装模作样，说是扯线看脉，用一条丈二长的红绒绳，叫丫鬟绑在小姐手腕上，一头他扯着，听了半天，说："这病好治，我这有仙桃两个，叫小姐吃下便好。"丫鬟拿桃去了，不多时回来，说："小姐病好了。"老刘头儿拿出白银百两来谢神医。王五说："我分文不取，只要和小姐成婚。"小姐从里面听说，走出来说:"大夫休得无礼,我已许身王五,非他不嫁!"王五说:"好个非他不嫁,我是非你不娶。"他把假发假胡须往下一拿:"小春,你看我是谁?"小姐一看,正是王五,欢天喜地。

　　小两口当天拜堂成亲。婚后,又把王五老妈从乡下接来,一家人都过上好日子了。

纸媳妇

过去有个王小三，父母双亡，只有光棍一条。他每天上山干活，来回路过河边，看中了常在河边洗衣裳的姑娘李秀兰。两个人都有意，谁也没说破。一天，秀兰端洗衣盆走在小桥上，不小心掉进水里，王小三把她救上岸来，两个人谈了半天就私订了终身。王小三托媒人去李家提亲，李老头儿非要一百两彩礼钱不可。王小三没办法，去求他舅舅，舅舅说："我给你钱，你可别胡花，只能娶媳妇用。先给你五十两，那一半等我见到外甥媳妇再给。"王小三就先借来五十两银子，托媒人交去。

成亲这天，花轿到门，李老头儿说啥也不让姑娘上轿，连大门也不给开，说彩礼不齐，不能成亲。王小三急得团团转，家里客人全来了，媳妇娶不回去咋办？后来一个当画匠的朋友给他出主意，先抬回去一个纸扎的新媳妇，应应急再说。他只好这么办。花轿把纸媳妇抬回来，脸冲里放在炕上，算她坐福。这时候，王小三的舅舅来了，王小三故意喊："秀兰，快下地给舅舅装烟！"说也奇怪，只见新媳妇磨身下地，叫声："舅舅！"就磕头装烟，他舅父一看外甥媳妇模样俊俏，百里挑一，就掏出五十两银子，给了装烟钱。

天晚了，王小三把舅舅和乡邻送走了，站在门口，不敢进屋。新媳妇喊："小三，忙一天了，快回屋歇着吧！"王小三战战兢兢进了洞房。

转眼三天回门，一到丈人家，李老头儿夫妻心中奇怪。老头儿说："姑爷，你迎亲那天，我不让秀兰上轿，把她气背气了，至今三天还在床上昏迷不醒，你是从哪领来这么个人，愣冒充我女儿！"刚说到这，那纸媳妇一屁股坐地上就不动了，细一看还是个纸人儿。这时候，秀兰从床上一翻身起来，说："小三，你还愣着干什么？还不叫爹妈！"王小三这才跪下磕头叫爹妈。吃饭时，大家问秀兰这几天是怎么回事，秀兰说："那天，爹打我一拳头，我一着急，跑出大门就上轿了，我是附了纸媳妇体，跟你过了三天。"从此，王小三娶纸媳妇变真媳妇的故事就传开了。

（赵桂荣讲述。）

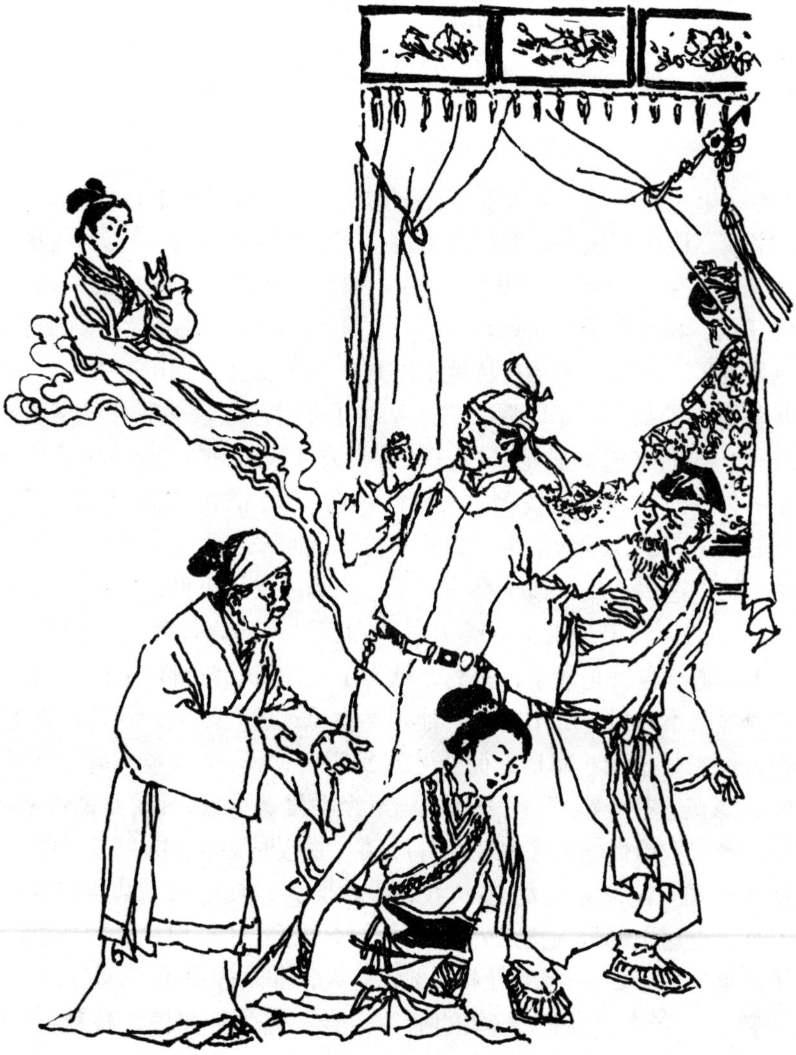

白 三 姑

　　过去有个书生张秀才，天天晚上在书房读书，一读读到半夜。

　　一天半夜，他正在读书，突然看见地上一块方砖在动。不一会儿，里面钻出一个绝色佳人，穿了一身白。张秀才问："你来干什么？"姑娘说："我姓白，别人叫我白三姑。我想跟公子一起练字。"张秀才就教她读书练字，天快亮时，姑娘又从地下走了。以后天天半夜从地下出来。一来二去，二年过去了，二人有了感情，就偷偷成了亲。一年以后，白三姑生了个胖小子。张秀才的父母知道了，说她是妖精，要叫老道来抓她。白三姑对张秀才说："咱们俩三年的缘分尽了，我得走了。你啥时想我就去找我，一直往西走，到白草洼就能找到我。"姑娘给儿子吃了最后一口奶，就含泪走了，从此再也没回来。张秀才想念白三姑，书也无心念。一转眼过去三年，孩子都三岁了。张秀才父母下世，只剩他和三岁的儿子，就卖了家产，骑上马带上盘缠去寻找白三姑。一直往西去，到处打听白草洼，也没人知道。盘缠花光了，张秀才就卖了马，自己背着孩子还一直往西走。

　　这天夜里前不着村，后不着店。他忽然看见远处有灯光，就奔灯光走去。到近处一看，原来是三间小草房，张秀才走到门前，说："老乡，请行行好，我是出远门的，想在这找个宿。"门一开，出来个白发老太太，说："请进来吧。"张秀才进屋，老太太给他做的小米粥、拌咸菜。吃饭时，老太太问他从哪来，上哪去。他从头至尾一说，老太太说："我也是中原人，几十年没见到家乡人了。我是十八岁时，被这里的野人抢来的，到这已经四十年了。现在丈夫死了，我还生了个儿子。他出去了，一会儿回来，见到生人，非吃你不可。"张秀才一听，忙求老大娘救命，老太太说："这么的吧，一会儿你先藏起来，我就说你是他舅舅看我来了。"张秀才刚藏好，那野人回来了，进门就说："好生人气！好生人气！"老太太说："你舅舅来了。"那妖精说："我舅舅来了，在哪呢？咋不出来？"老太太说："他怕你吃了他。"妖精忙说："我哪能吃亲娘舅！"老太太把张秀才叫出来，说："这是你老舅，小孩是你表弟。"野人问："我舅妈咋没来？"张秀才说："她回娘家白草洼了，我正想过几天去找她呢！"野人说："白草洼离这还有八百里旱路呢，都是荒草甸子，你多咱能走到。过两天我送你俩去吧。"张秀才说："好。"就住下了。野人每天上外边弄些山果野兽给舅舅吃。到第三天，张秀才要走。他背上小孩，又趴在外甥身上。妖精叫他闭上眼睛，他闭上眼睛，野人起了空，只听耳边呜呜响，约莫有一个时辰，落地了。野人说："前边那个大门，就是白三姑家，你自己去吧，我走了。"野人驾风走了。张秀才来到大门前，一敲门，院里出来一帮人，说："这不是三姑爷吗？快请进来！"张秀才进去，见一个老太太，叫他姑爷，他忙拜见岳母。老太太问："你做什么来了？"张秀才说："孩子想妈，我找他妈回家过日子。"老太太说："我有九个女儿，哪个是你媳妇？你自己认吧，认对了，就叫她跟你走；认不对，自己领孩子回去吧！"老太太说完，把九个女儿全叫出来站了一大排，九个姑娘一个模样，穿一样的衣裳，个头、年岁都差不多。这可咋办呢？张秀才想了半天，有了，他偷偷地拧了小孩大腿一把，孩子放声大哭，只见别的姑娘没咋样，其中一个姑娘望着孩子，眼泪汪汪。张秀才说："她就是白三姑，孩子妈。"说着把孩子递过去："快，叫你妈妈抱。"老太太一看叫他认对了，就吩咐备饭。不一会儿，上了一桌酒席，老太太坐当中，九个姑娘陪着，这个叫妹夫，让他吃菜；那个上前叫姐夫，给他满酒。满桌山珍海味，叫不上名来。最后上个大盘，里边是一个蒸熟的大白胖小子，老太太叫他吃。他一看，清蒸活人，一口没敢动。几个姑娘见他不吃，就你扯一个胳膊，她扯一个大腿，抢着吃光了，连汤全喝个精光。吃完饭，把他送到房中休息。半夜时，白三姑说："昨晚吃那个菜，是人身果，吃了可以成仙得道，长生不老。你一口也不吃，还是凡人。明天妈妈非撵你走不可。"张秀才说："这可咋办？"白三姑说："咱们偷着跑吧！"她带了一条狗，一只鸡，夫妻俩带着孩子偷偷从后门跑出来。白三姑拿出一条手绢，铺在地上，转眼长了有一领席子大，叫张秀才抱小狗、小鸡上去，自己也抱着小孩子上去。她说一声："起！"就飞起来了。转眼间，飞出一二百里。白三姑说："不好！我妈知道信儿，追来了，她要一箭射死你！"张秀才说："这可咋办？"白三姑说："不怕，快把小狗举起来，那是神箭，见血就回！"说着，那只神箭射中小狗，转头回去了。老太太接过神箭，说："人血咸，狗血腥！"一闻是腥的，又射出第二箭。白三姑他们飞出三四百里，一看那第二支神箭来了，说："快举起小鸡！"张秀才举起小鸡，那神箭射中小鸡，见血又回去了。老太太接箭说："人血咸，鸡血甜。"用舌头一舔是甜的，又射出第三箭。

这时候白三姑他们走出五六百里，见第三支箭到了，也没了招。张秀才急忙咬破中指一甩，正甩在箭头上，那神箭见血就回。老太太一舔血是咸的，以为射中了张秀才，这才作罢。

白三姑他们又飞了二百来里，到了野人住处，才落下来。野人见了舅妈，挺高兴。在这住了一天，张秀才劝他也到中原去。他妈妈也叫他走。五个人就一块回中原。野人他妈回到了久别的家乡。

后来，张秀才中了状元，那野人武艺高强，还有法术，也为国立功，当了将军。白三姑一辈子也不见老，张秀才活了九十多岁，一天，夫妻二人驾云走了。

蛤蟆儿子

老王结婚快二十年了，还没有儿女。这一天，老王对老婆说："你都四十岁了，还没给我生个一男半女，哪怕给我生个蛤蟆也行啊！"说来也怪，从这天起他老婆真怀孕了，十月怀胎，到月真生下一个蛤蟆来，两口子中年得子，很喜欢这个蛤蟆儿子。转眼之间，又过去二十年，别家的儿子都成了大小伙子，娶上媳妇了。老两口都六十岁了，蛤蟆儿子还是那么大，老两口看着这个蛤蟆儿子有些犯愁了。有一天，四月十八娘娘庙会，大庙对面搭上戏台，唱大戏。老两口赶着小驴车去看野台子戏，把蛤蟆儿子也带去了。开台后，头一出戏是《小放牛》，第二出戏是《武家坡》，第三出戏是《铁弓缘》。老两口光顾看戏了，把蛤蟆儿子忘了。这个蛤蟆跳下车，走出人群，来到一个没人的地方，打了一个滚，变成了一个穿着一身新衣的漂亮小伙，又回到了戏台下边来看戏。旁边的马车上，有个姑娘看见这个漂亮小伙，一见钟情，连台上的戏也不看了，光看那个小伙。看得小伙有些不好意思，转身出了人群。那个姑娘跟了出来，二人来到一棵大树下，姑娘问道："这位大哥，你贵姓？是哪村的？"小伙说："我姓王，王家庄卖豆腐的老王头的儿子。""你今年多大了？结婚没？""我今年二十岁了，还没成亲呢。"姑娘一听，挺高兴，说："我姓李，是李家庄李木匠的女儿，今年十八岁了。有几个媒人来提亲，不是我没相中人家，就是人家嫌我脚大。哥，你要是不嫌我脚大貌丑，就向我家来提亲，我甘愿给你当媳妇。"小伙满口答应下来，姑娘回去了。小伙子又变成蛤蟆回到戏台下边的小驴车上。

老王头儿一家看过戏回家吃晚饭，蛤蟆突然过来叫了一声："爸爸，妈妈。"老两口又惊又喜，原来这个蛤蟆儿子会说话。蛤蟆说："我今年都二十岁了，也该娶个媳妇。"老王头儿说："谁家姑娘能愿意找个蛤蟆做女婿呀？"蛤蟆说："爸爸，你明天上李家庄去找李木匠提亲，他准能答应把女儿嫁给我。"老王头儿半信半疑，第二天找个老媒婆，前去提亲，不料李木匠真答应了这门亲事。老王头儿给老李家下了彩礼，定下了五月节那天娶亲。到了这天，正当午时，老王家备了两顶轿，一顶蓝轿，一顶花轿，蛤蟆儿子上了蓝轿。雇来的一伙鼓乐班子，吹

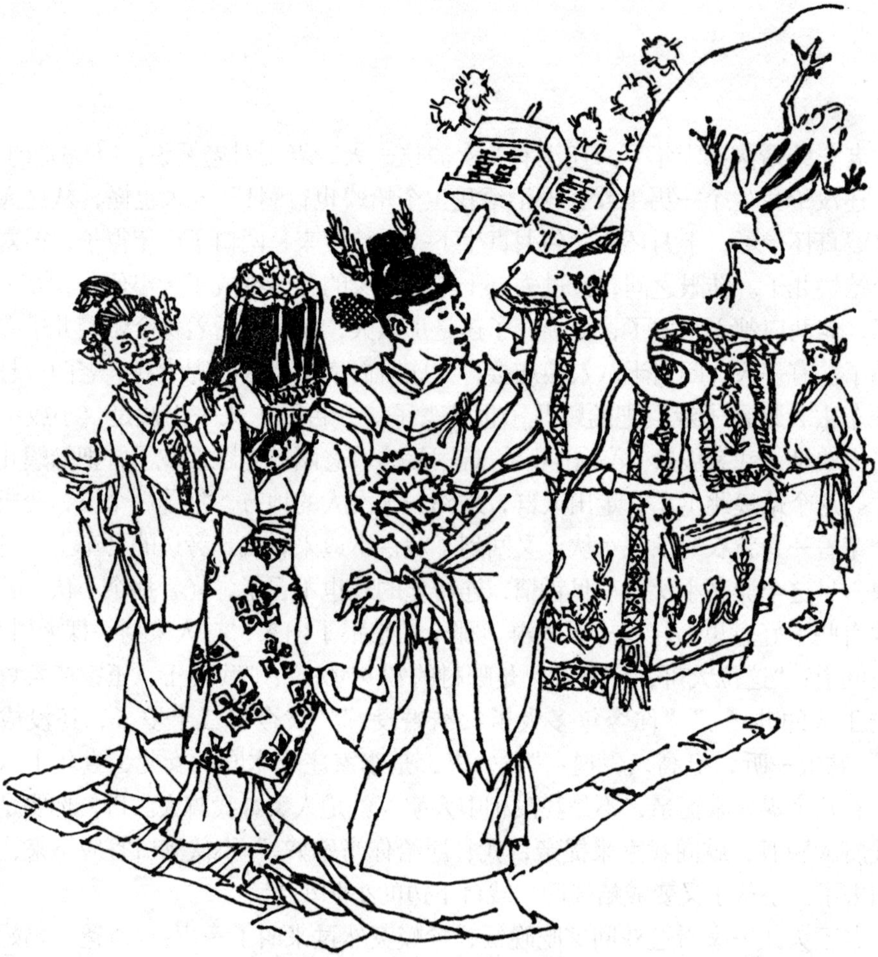

吹打打，两顶轿抬走了。不长时间，两顶轿都回来了，新娘子下了花轿，有个小伙子下了蓝轿，一对新人一拜天地，二拜高堂，夫妻对拜入了洞房。老两口乐坏了。第二天一大早，新媳妇下地就做好了早饭，小两口过来拜见二老。老王头儿说："没承想，我不光有个好儿子，还娶来个好儿媳妇。"

真假李荣

早些年，山东登州府李家庄，有个庄稼人叫李荣，一家三口人，两口子一个孩子，这孩子叫小福。这一年家乡遭了天灾，颗粒没收。眼看要过年了，家里年货还没钱办。李荣媳妇见家里再也没啥可变卖的东西了，就把成亲时娘家陪送的一支银钗从头上拔下来，让丈夫拿城里当铺去当了，换点钱来，好买面买肉过年。

李荣拿银钗进了城，只当了两吊铜钱，心想：这两吊钱，有买面的，没买肉的；有买肉的，没买面的，过一回年，连顿饺子都包不上。大人好办，孩子看旁人家过年吃饺子，自己家没有多难过呀！

李荣低头正往前走，忽听路边一家屋里传出来吹五吆六的声音，原来是个赌场。他想：我进去押一宝，要是能赢一把，就有钱过年了。

他进去看了半天，怕输了钱，迈步刚想走，被人拉住，非逼他玩一会儿不可。他一咬牙，把两吊钱押了上去，可是一掀宝盒是个大眼幺，两吊钱输光了，这下可傻了眼，他无精打采地往家走，心里合计：两手空空，到家咋对老婆说呀？连自己的孩子也没脸见哪！想到这，就不打算回家了。他来到花子房，拜见了花子头，当了讨饭的花子。当花子四海为家，到处流浪。第二年春天他讨饭往南走，半路上到树林里去解手，见树下有个大包袱，打开一看，有不少银子。心想：这回我可发了财，可以回家了。又一想：不行，丢钱的人不知怎么着急呢，我得在这里等着他。他坐在包袱上等了有一袋烟的工夫，突然见南边来个白胡子老头儿，走得满头大汗。老头儿见树下坐个小伙子，忙问："老乡，你看没看见一个大包袱？"李荣说："是什么色的？里面都有啥？"老头儿说："是蓝布包袱，包袱皮上绣着'李万财'三个白字，里边是五十两银子。"李荣一看正对，就把包袱还给了老头儿。原来是老头儿在这里歇凉，不料树林里蹿出一条狼，吓得他起来就跑，跑出三里多远，才想起来忘带了包袱，心想十有八九是丢定了，哪知道遇见了好人，就忙问："你贵姓啊？"李荣说："我叫李荣，是个要饭的。"老头儿说："我也姓李，原来是一家子。这样吧，这银子分给你一半，算我给你的谢金。"李荣说啥也不要,最后老头儿说:"你真是个好人。我是苏州的老客,来山东卖花布的。正缺个帮手,你就跟我去吧!"

就这样,李荣跟老头儿到了苏州。这李万财六十岁,老两口没儿没女,年纪大了,不爱再出远门做长途贩卖,就在苏州南门外开了一个李记布庄。老头儿让李荣当掌柜的,把柜上一切都交给了李荣,还雇了张三、王二两个小伙计。

转眼之间就过了两年。这一年端午节,店里关板儿放假,李荣到茶馆听说书,见旁边有个大胖子,一张大白脸,有四十来岁。李荣是北方人,听不懂苏州评弹,大白脸挺内行,就给他讲故事。两人说得挺投机,听完书,大汉又把他带到酒楼饮酒。大汉姓白,是个练武的,独身一人,四海为家。李荣也介绍了自己的身世,说自己在山东老家李家村还有老婆孩子,儿子叫小福。李荣喝多了,大汉把他搀回李记布庄。原来这汉子不是别人,是个变化成人形的白蟒精。他是正当午时到茶馆躲灾,遇见了李荣。他假装交朋友,在李记布庄一连住了三天。这天跟李荣到郊外游春,他吹了一口毒气,李荣昏迷不醒,他把李荣推到古庙后院的枯井里,盖上石板,然后自己摇身一变变成李荣模样就回来了。张三、王二俩小伙计,谁能看出来他是假的。不过往常李掌柜的都早早就起床,从此以后,这假李荣每天日出三竿才起来。原来他想成仙,要吃一百个童男童女。每天半夜三更出去,吃完了就睡大觉。因此,苏州城里,总有人家丢小孩,不是今天张家丢小子,就是明天李家丢丫头,闹得人心惶惶,不少人家都把小孩送外地亲戚家去了。白蟒精见苏州的小孩越来越少,心里很着急。这天晌午,他正坐在柜台里打盹,门外来了个买布的老头儿,老头儿看看掌柜的,端详了半天,说:"那不是李荣兄弟吗?"假李荣一愣:"你是谁呀,怎么认识我?"老头儿说:"我是王老六哇,咱们不是老乡吗?你咋连我也不认识了!"假李荣忙说:"原来是王六哥,你从哪来呀?"王老六说:"我从山东老家李家庄来呗。那年你腊月二十九进城当当,一去无踪影,可把弟妹和小福急坏了。靠乡亲帮助,才对付过了个年。转过年到处找你,也没下落,还以为你在大雪天冻死在哪了呢!幸亏这两年收成好,你家还是不愁吃穿,小福现在给人家放牛呢,他还天天想爹爹,你如今到这发财了,也不给家去个信。"假李荣讲了来苏州的经过,又说:"我也想他们娘俩,特别想小福。我写封信,你给家里捎去二十两银子,下次来,再把小福带来,等今年过年,我一定回老家看看。"说罢,又请王老六吃了一顿饭,拿出书信、银子和一匹布,让他带回去。王老六在柜上又买了几匹布,假李荣还少算了不少钱。王老六高高兴兴地走了。这天到家乡,忙去找李家报喜信,放下东西、书信说:"弟妹,我在苏州见到了李荣。"怎么来怎么去一学,小福听说爹爹在苏州开了买卖,要自己去,乐得直蹦高。王老六说:"等我把这匹布卖光了,就带你下苏州。"

过了几天，王老六带着李小福去苏州。这一天走在半路上，见树林里出来一伙打猎的，一个猎人怀里抱着一个小狐狸，一身细毛金黄发亮光，两只眼睛望着李小福，吧嗒吧嗒掉眼泪。小福看它挺可怜，就花二两银子，把小狐狸买了下来。他见猎人们走远了，就一撒手把小狐狸放跑了。小狐狸向他拜了三拜，跑进了树林。王老六说："你爹当年拾金不昧，发了大财，你今天买狐狸放生，将来也错不了。"小福说："我出门在外，妈妈在家惦念我，小狐狸被抓住，它妈妈不也想它吗？"王老六点了点头。他们再往前走，天就黑了，前不着村，后不着店。抬头看前边不远处有个马架子，屋里有灯光。二人到门前叫门，里边走出一个满头白发的老太太。王老六说："我们是过路的，想在这投个宿。"老太太把二人让进屋里，屋里炕上还坐着一个大姑娘。老太太说："小凤，来客了，快去做点饭来。"姑娘下地点火做饭，不一会儿放上炕桌，端来一小盆小米粥，一盖帘黏豆包，还有一大碗咸菜。吃完饭，老太太说："这屋窄炕小，你们就住炕头吧。"王老六说："不，我在地上打个草铺就行。"老太太只好依着他。王老六睡在外屋地的谷草上，小福睡在炕梢，大娘和女儿睡在炕头，当中隔着一张饭桌。走一天路，真累了，小福他们躺下就睡着了。半夜时，小福被人捅醒了，睁眼借月光一看是那个姑娘。小福忙坐起来，叫了一声大姐。姑娘说："小福，我说你别害怕。我是个狐仙女，叫胡小凤，就是你花二两银子买下放了的那个小狐狸。你今天救了我一命，我要救你。你苏州那个爹，是白蟒精，他要吃掉一百个童男童女，好成妖仙。我送给你两样宝贝，一面镜子和一包针。白蟒精要吃你，你就快跑，他追你，你先扔下镜子，他快追上你时，你再扔下一包针，我在苏州河边等你，你能跑到河边，我就能救下你来。千万要记住啊！"小福答应下，就又睡了。天亮睁眼一看，房子没了，主人也没了，自己睡在石头上，王老六睡在草地上。

王老六和小福晓行夜宿，走了一个多月，这天到了苏州城。假李荣见王老六把儿子带来了，挺高兴，问长问短，请王老六吃了一顿饭，王老六走了。晚上就叫小福和他在后屋睡。小福心中有事，睡不着，闭上眼睛假装睡。半夜时，就见假李荣起来，变成了一条大白蟒。两只眼睛像一对红灯，真吓人！大白蟒从窗户出去了，有一袋烟的工夫，带回来一个小男孩。大白蟒张开血盆大口就吃了。他吃完擦擦嘴，又变成人形，躺床上睡了。

第二天早起，假李荣问："小福，昨晚睡得好吗？""好。""你半夜看见啥没有？""爹，我一宿到天亮，没起夜。"这一天过去了。第二天晚上，还是那样，白蟒精又吃了一个女孩，还听他自言自语："算这个九十九个了。等明晚再吃了小福，就凑足了一百个，我就能成仙了。"

第三天白天，假李荣出门了。小福对两个伙计说："你俩知道吗？我这个爹不是人,他是白蟒精变的,天天半夜吃小孩。今晚还要吃我。"张三、王二两人不信。到了晚上,张三、王二扒窗户往里看,半夜时,只见李掌柜的下了床,突然,那脑袋变成了一个大蟒脑袋,两只眼睛像一对红灯。张三、王二吓得"妈呀"一声大叫,都吓昏了。小福起来,跳窗户就跑,白蟒身子还没变过来,就随后追了出来。小福回头一看,见白蟒精快追上来了,就扔了一面镜子,白蟒精捡起来,照了半天才又往前追去。眼看着又要追上了,小福又扔下一包针,撒得满地都是。白蟒精站下,一根一根捡起来,整整一百根。抬头再看,小福跑远了,他又加紧往前追,一直追到苏州河边。苏州河边有只小船,船上是那个老太太和姑娘胡小凤。小凤说:"小福,快上船!"小福上了船,小凤跳上岸手拿宝剑来斗白蟒精,白蟒精拔起河边的一棵大树,抡起来相迎。打了有半个时辰,眼看小凤要败,老太太在船上一扬手,飞出三把飞刀,把白蟒精杀成四段死了。这时候,张三、王二也赶到了。小凤用宝剑剜下白蟒精的两只眼睛,说:"小福,这是夜明珠,我留一个,给你一个吧!"张三说:"掌柜的怎么是白蟒精呢?真奇怪。"小凤就把李荣端午节听书,遇见白蟒精,后来他把李荣害死在古庙后院的枯井里,自己变成李荣,专门在苏州城吃小孩的事说了一遍。胡小凤领众人来到古庙后院枯井旁边,叫张三、王二掀开石板,胡小凤又下井把李荣尸体托上来,给他吃了三粒仙丹,不一会儿李荣又活过来了。他睁眼看看,说:"我这是在哪?小福,你怎么也来了?"小福从头至尾一说,李荣这才明白,想过去谢谢狐仙,再看胡小凤和她妈早走没影了。

大家回到李记布庄,又见了老东家李万财说明经过,大家都挺高兴。不久,李荣把小福他妈也接来了。过了几年,李万财老两口先后去世了,这李记布庄就归了李荣。

小福长大了,多少人来提亲,小福也不干,非要等小凤不可。一天他正拿着夜明珠说:"夜明珠啊夜明珠,你啥时才能成双配对呀!"话音刚落,就听有人门外答话说:"小福,我来啦!"小福出门一看,果然是老胡太太的姑娘来了。当天小两口就拜堂成亲,一对夜明珠又到一块儿了。

(耿长春讲述。)

一头牛变一瓶油

在民国年间,赵家门楼大财主赵大头,雇了一个扛活的长工叫刘福,春天讲好干一年给他一头牛。刘福吃苦受累干了一年到头,过年了,来找老东家要一头牛。赵大头说:"什么一头牛,我是说你干一年吃我的住我的,到年下给你一斤煤油,年三十点灯用。"说完给了刘福一瓶油。刘福说不过他,拎一瓶油回家了。到家越想越生气,半夜里拎着油瓶来到赵家门楼,把一瓶煤油全倒在大门上,放把火给点着了。赵大头喊人来救火,村里的穷人都恨透了他,没一个来救火的。转眼之间,火借风势,风助火威,把赵家门楼的一趟大瓦房全部烧光了。放火的刘福早跑了,后来人们知道了这件事,就编了一段顺口溜:

赵家门楼赵大头,
雇个长工大老刘,
春起大头讲得好,
扛活一年给头牛,
年底老刘来算账,
一头牛变一瓶油,
老刘放了一把火,
烧了赵家大门楼。

(金宝庆讲述。)

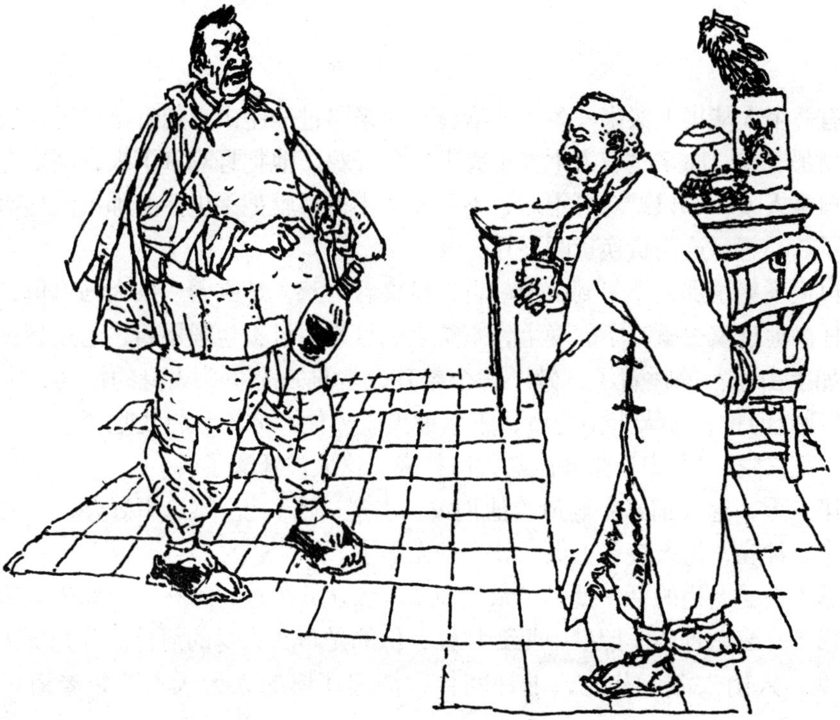

鱼 神 庙

有一个人从集上买来一条大马哈鱼，回来路过一座山，忽听草棵里扑啦啦直响，到那一看，原来是有人下夹子夹上一只野鸡。他把野鸡拿下来，刚要走，一想我白拿人家的一只野鸡可不对，不拿又舍不得，就把手里拎的那条大马哈鱼给夹上了。心想：这叫货换货两不亏。

再说下夹子那人下午到山上一看，没夹着野鸡，却夹着一条大马哈鱼，心中挺奇怪。他拿家去就吃了。晚上，躺炕上翻过来掉过去也睡不着，老是想：这鱼怎么能上山呢？等睡着了，做了一个噩梦，梦见一个鱼头人身的怪物，大声叫道："我是河神，今天上山游玩，不幸被夹子夹住。你不该将我吃了，今晚我要报仇，把你吃了！"说着张开血盆大口扑来，这人被吓醒了。

第二天，这人请来个老道给他消灾。老道一听，说："这事好办，你可在山上修个鱼神庙，每天烧香上供，就平安无事了。"

这人信了老道的话，就同乡亲们商量，大伙儿凑钱，就在山上原先下夹子那地方修了一座鱼神庙。照梦中见到那样，供的是鱼头人身的河神。开光那天，善男信女，人山人海。从此，求神问卜，消灾还愿的人天天不断，老道可发了大财。

后来拿鱼换野鸡的那人听见这事，哈哈大笑说：

　　春天上集买条鱼，
　　是我拿它换野鸡，
　　秋后修座鱼神庙，
　　老道骗财世人愚。

（李才讲述。）

佛在家中坐

有个小伙信佛,他把老妈一人扔在家里,自己走遍半个中国,到处求神拜佛,一心想修成正果。有一天遇见了一个八九十岁的老和尚,对他说:"小伙子,你记住,仙、佛在人心里,佛在家中坐。你出来半年多了,快回家看看吧。你看见有个人反披衣裳倒穿鞋,那人就是真佛。"

这小伙听老和尚这么一说,就不再往前边走了,转身奔老家方向而去。又走了半个多月,这才回到山村。到自家门口时,天都黑了,他忙上前拍门:"妈,快开门。"

"谁呀?我都躺下半天了。"

"我呀,我是你儿子回来了!"

老太太一听,急忙爬出被窝,披上衣裳,穿上鞋就出去开门。

小伙子一看,他妈正是反披衣服,倒穿着鞋,啊!这不就是我日夜想见的真佛吗?!

母子二人抱在一起,老太太说:"儿行千里母担忧。你这一去就是一年多,连封信也没有写来,也不知道你到了哪了,我梦见你好几回。有一次梦见你坐船过江,船到江心,船翻了,你掉到江里,直喊:'救命!'把我吓醒了,半天睡不着,又一想,人都说梦是反的,生是死,死是生,我这才闭上眼睛又睡了个回笼觉。看我,一见到你,就唠叨个没完,你饿了吧?妈这就给你做饭去。"

这个故事说明,求神拜佛都是虚的。只有自己的老妈最关心自己,母子连心,妈妈时时不忘保护儿女,儿女千万别忘了父母之恩。

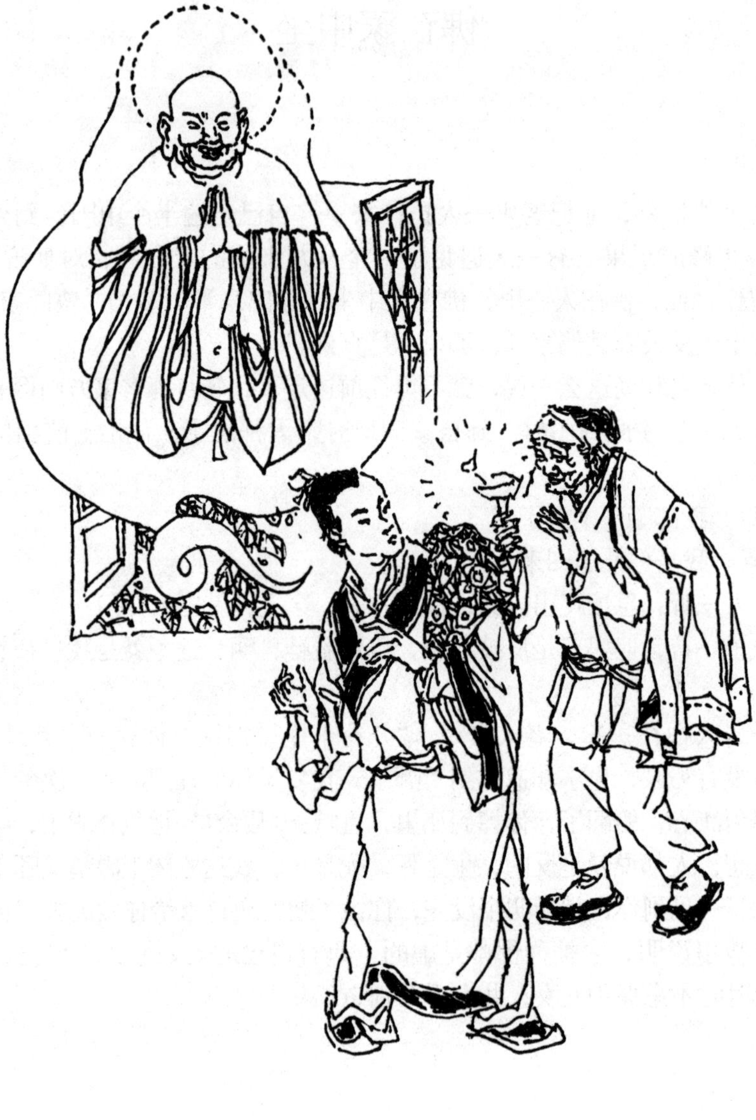

兄弟刨宝

李大娘自从老头子去世，只剩下两个儿子。这两个小子好吃懒做，坐吃山空，没钱花就卖东西，家里有几件好衣裳，都叫他俩给卖了。衣物卖完了，就卖土地，把爸爸留下的十几亩田地快卖光了，最后又要卖自家房后那五亩好地。老太太一看，这可不行，就对两个儿子说："咱们房后那五亩地，说啥也不能卖。你爹活着的时候，跟我说过多少遍，你爷爷在世的时候，咱家很有钱，是个大财主。闹义和团那年，你爸爸把家藏的几百个金元宝，都放在四个大坛子里，偷偷埋在后院那地里。说不到万不得已的时候，后人不许挖出来。今天咱家穷到这个份上了，吃了上顿没下顿，也该让地下的宝出土了。"

李大、李二一听乐坏了，马上就拿大镐，上后院那块土地上去乱刨。问妈妈，坛子埋在什么地方，她说不知道。哥儿俩只好从东往西挨排刨，为了得元宝，发大财，两人也不怕累。一连刨了一个来月，五亩地都刨过了，也没看见个坛子。

老太太说："也可能早叫人给盗走了。既然现在五亩地都把土松了，咱们就种上吧，到秋后还能打点粮食吃。"

小哥儿俩一听也对，就从亲戚家借来高粱种，全种上了，不几天小苗长出来了，地里一片绿，可好看了。因为这块地等于深翻过，庄稼长得好。到秋后大丰收，全家人都高兴。这天吃饭时，老太太说了实话："我原来说地里埋过四坛子元宝，那都是瞎说的，你们哥儿俩，把土刨松，种上地，忙了一年才丰收，要记住，别盼望祖宗留下元宝，只有靠双手劳作，咱们的日子才能过好。"

接 穷 神

　　旧社会过年，家家户户都要半夜上供接财神。有个老王头儿，孤身一人，年老多病。年年三十晚上接财神，还是年年受大穷。这年三十晚上，老头儿不接财神了，他满大街喊："接穷神！接穷神！我盼穷神进家门。"突然，前边有人大叫一声："王伯伯慢走，穷神来也！"说穷神穷神真到了。原来这穷神是个要饭的花子，他也姓王，自从父母死后，房子卖了还了欠债，他一个人无家可归，流落街头，讨要为生。今儿个大年三十，没地方去，正犯愁呢，听见有人喊"接穷神"，他就应声来了。

　　老王头儿把小王领到家，小王跪地磕头连叫爹爹。老王头儿一听，乐坏了，今天接穷神捡了一个大儿子。父子俩和面包饺子，这个年过得挺开心。过完年，正月初六，小王就下地干活。刨茬子、送粪，样样都干。这么说吧，老王头儿有了这个好帮手，春种、夏锄、秋收，多打了好几百斤粮食，家里还养了两口大肥猪，小日子一天比一天好起来了。老王头儿逢人便说："年年接财神，年年身受贫。穷神来到家，我倒把财发。"其实就是他家多了一个劳动力，只有靠劳动，才能发家致富。

小鞋匠招亲

有个东北的小鞋匠叫李有才,他想进北京掌鞋去,好见见世面。他走在山海关附近的一个村子,见村里道北有一大户人家,是黑门楼,门前有一对上下马石。靠东边大树上,还挂了一块大牌子,上写四句诗:

小女一十八,
尚未找婆家。
谁的学问大,
马上嫁给他。

小鞋匠想在此借个宿,上前叫门。老员外开门一看,来了一个年轻小伙子,相貌堂堂,还背着一个大箱子,那本来是搁掌鞋工具的箱子,他错当成是进京赶考的举子背的书箱子。小鞋匠说:"我叫李有才,是从东北来的,想上京城去。路过贵庄,想借住一宿就走。"老员外说:"你别不好意思,你一定是来招亲的吧,快跟我进来。"

小鞋匠进了这家,老员外酒菜招待。饭后,老员外说:"我得考考你的学问到底如何。"二人对坐,老员外说:"咱们是明讲啊,还是打哑谜?"

小鞋匠一听,心想:明讲,我不知道他问什么,怕答不来,就说:"我与你打哑谜吧。"

老员外说:"好。"

他马上伸出一个大拇指,掌鞋的一看,就伸出了两个指头,老员外又伸出了三个指头,掌鞋匠一看,我要伸出四个指头,他再伸出五个指头,我就没法再伸了,我也没有六指儿。想到这,他伸出巴掌,五个指头全有了。老员外摸摸眉毛,掌鞋匠一看,就摸摸后脑勺。老员外站起来回到内室对夫人说:"这个李有才是真有才,就招他为婿吧。"

老夫人问:"你们打的哑谜是咋回事啊?"

老员外说:"我伸出一个大拇指是说'一尊佛祖',他伸出两个指头,是说'二仙传道',我伸出三个指头,是说'三皇治世',他伸出五个指头,是说'五帝为君'。我摸摸眉毛,是说'长眉李大仙',他摸摸后脑勺,是说'倒坐观音'。"

老夫人一听,信以为真。第二天,没放鞋匠走,马上招他为乘龙快婿,让小姐与他拜堂成亲。掌鞋匠乐坏了,想不到进京路上捡了一个好媳妇。入洞房后,小姐问他是怎么打哑谜获胜的。掌鞋匠说:"咱二人已经拜堂成亲,我不能跟你说假话,实不相瞒,我没啥大学问,只是一个掌鞋的,老员外伸出一个指头,是说他要掌一双鞋子,我伸出两个指头,是说得用两块掌。他伸出三个指头,是给三吊钱,我伸出五个指头,是说非五吊钱不可。他摸摸眉毛,是说眼前等着穿,我摸摸后脑勺,是说忘不了,你午后来取吧。"新娘一听,说:"我爹呀,老想给我找个有学问的人当女婿,结果选上了你这个掌鞋的。"

小鞋匠说:"家有万两黄金,不如手艺在身。我会掌鞋,会做鞋,靠手艺吃饭,你嫁给我吃穿不愁,比嫁一个好吃懒做的公子哥强多了!"

白菜蝈蝈

很久以前,深山沟里住着一个老王太太。这天,她正在门前井边洗白菜,从远处来了一个十二三岁的小男孩儿,走得满头大汗,近前施礼说:"老奶奶,我是过路的,口内干渴,想讨碗凉水喝。"老王太太说:"好吧,你等着。"说完,回屋取出个大碗,倒了一碗凉水,顺手抓了一把米糠撒在上边,递给了小男孩儿。小孩一边吹水面上的米糠,一边喝水。这时老王太太五六岁的小孙子手里抓个大铁蝈蝈回来了,看见这人边吹糠边喝水,心里奇怪,问道:"你往碗里抓把米糠干啥呀?"老王太太说:"我看这个人走得满头大汗,怕他喝凉喝急了,炸肺得病,扬上一把糠,叫他慢慢喝。"

喝水的小男孩一听,说:"这位老奶奶心眼儿太好了。我没旁的报答,给您画一张画吧。"说完从背包里取出纸笔。画什么呢?一看老太太手里的白菜和小孩儿手里的蝈蝈,有了,就画张《白菜蝈蝈》吧。三笔五笔,转眼画完,送给老奶奶,转身就走了。

老王太太把这张画贴在墙上,白菜水灵灵,蝈蝈活生生,像真的一样。说来也奇怪,头一天见蝈蝈在白菜上边,第二天起早再看,蝈蝈跑白菜下边去了。心中正纳闷儿,不一会儿外面下了瓢泼大雨。日子长了才品出来,原来这是一张宝画:晴天蝈蝈在上边,阴天蝈蝈在下边。从此,远亲近邻都知道老王家有一张能报天象的宝画。谁家想晴天晒粮,谁家想阴天栽苗,都先到老王家看看这张《白菜蝈蝈》。后来,这事传到官府,官府来人要买这张宝画。老王太太说:"给万两黄金也不卖!"官府限她三天之内交出宝画,不然就要治罪。当天夜里老王太太就领着孙子带着宝画远走高飞了。那张宝画也不知落到何方。

(原载《辽宁农民报》。)

我 是 瓮

从前有个农民,秋天渍酸菜时,进城买口大缸,背了回来,半路走进一座大山,天就黑了,他怕遇见野兽,便坐下来,把大缸扣在上边。不一会儿,从那边来了一只狼,它老远看见有个怪物蹲在山尖上,就问:"你是谁呀?"

农民问:"你是谁呀?"

"我是狼。"

农民说:"我是瓮,见着狼一个也不剩!"

狼吓得转身就跑,半道上遇见狗熊。狗熊问:"狼老弟,你跑什么?"

狼从头至尾一说,狗熊不信,说:"走,领我看看去。"

它俩来到大缸附近,狗熊问:"你是谁?"

农民问:"那你是谁?"

狗熊说:"我是狗熊。"

农民说:"我是瓮,见到狗熊一个也不剩!"

狗熊吓得也转身往回跑,狼也跟着跑。半路上遇见老虎,老虎问:"狼、熊二位老弟,你们跑什么?"

狗熊把见到瓮的事一说,老虎不信:"走,你们领我去看看。我是山中之王,什么也不怕。"

它们来到大缸附近,老虎问:"你是谁?"

农民说:"你是谁?"

"我是老虎。"

农民说:"我是瓮,见到老虎一个也不剩!"

老虎一听,也吓得转身就跑。它们三个正跑,半道上遇见了小猴,小猴说:"虎大哥、熊二哥、狼三哥,你们跑啥?"

老虎一说,小猴不信,也要去见见这个瓮。四个一块回来,到缸跟前,猴问:"你是谁?"

农民说:"你是谁?"

"我是小猴。"

农民说:"我是瓮,见到猴,专门咬它腚。"

小猴奸,不听这套,它从地上捡块石头,又爬上大缸,用石头把缸底砸开个大窟窿,转过身,把尾巴伸进去,要探个虚实。农民急中生智,左手把猴尾巴抓住,右手掏出一把小刀,照准猴腚就是一刀。小猴"哎呀"一声:"不好,瓮真咬腚了!"噌一下子跑了。老虎、狗熊和狼都拼命地跑,慌不择路,四个野兽掉进大山涧摔死了。

天亮了,农民从缸里钻出来,一看缸底漏了,缸也不要了。他走到山涧,用绳子绑上四个野兽,拉着回家了。

(董乐讲述。)

后　记

　　旧社会，东北老百姓讲故事叫"讲瞎话"。有一首民歌是："瞎话瞎话，没边没把儿，有事有趣，传遍天下。"我从小就爱听老人讲瞎话。是民间故事，教我懂得真善美，反对假恶丑，知道为人要爱国爱家，孝敬父母，兄弟和睦，知恩图报，朋友同心。长大后，我当了编辑，经常下乡，也听到各地流传的民间传说、故事与笑话。几十年来，我在北京市的《民间文学》、吉林省的《民间故事》、通化市的《长白山》、抚顺市的《故事报》、沈阳市的《晚晴报》等报刊上发表过上百篇民间传说、民间故事与民间笑话。本书中只选入了传说与故事两类整理。

　　在民间传说方面上，可分为神话传说、历史传说，也有少数俗语传说、行业祖师传说和地方传说。其中，辉南县是我的故乡，该县原属辽宁省，1954年6月划归吉林省。沈阳是我工作和居住五十多年的地方。因此收入了这两个地方的传说。

　　在民间故事方面，主要有童话故事、家庭故事、爱情故事、动物故事，其中《老虎妈子》是我五岁时我妈讲的第一个故事。我十三岁时还演过安波改编的童话剧《老虎妈子》。这是一个流传全世界的故事，外国叫《狼外婆》。因为过去几乎人人都知道这个故事，反而在许多民间故事当中都没有收入。我是凭记忆写下的，这是第一次发表。希望这个故事能一代代流传下去。

　　本书中有的传说、故事，曾被人收入各种选本中，如《谎张三》（又名《张三闹鬼》）被收入在《中国民间故事集成·辽宁卷》中。《铁拐李留画》，曾被收入在多种《八仙传说》之中。《巴掌参》被收在吉林省的《人参故事》一书中。

　　还有些传说、故事，曾被我改编成曲艺作品。如1956年我把民间故事《纸媳妇》改成了二人转，寄给了沈阳市文联的《芒种》月刊，编辑答应发表，但是该刊在1957年反右运动时被错判为"右派"刊物，原稿散失。不过沈阳市二人转艺人陈韵良、廖桐声却把这个二人转演唱了几十年。

　　1980年我将民间传说《包公吊孝》改编成二人转，新民县民间老人梁德双、李艳慧首演，很快就在辽宁、吉林、黑龙江和内蒙古舞台上流传。在吉林省四平市的《东北二人转》期刊上发表时，改为《包公哭灵》。还有些地方把这篇作品误当作"传统曲目"，出版盒式录音带和光盘。2011年据中山大学吕慧敏调查，在辽西一带农村，谁家办丧事，必演这个曲目，至少要点唱其中《包公吊孝》烧十张纸的唱词。2012年此曲已收在《耿瑛曲艺选》一书之中。

1993年，为参加中国少数民族曲艺会演，我将满族民间传说《义犬救主》改编成满族单鼓，由王凤贤编曲，韩振导演，刘兰芳演唱（在排练中，王印权、周志军修改过唱词），这个曲目荣获了作词、编曲、导演、表演等一等奖。但唱词原稿却没有保存下来。

这本民间传说故事集，几经筛选，可能还有不足之处，希望读者批评指正。

耿　瑛
2016年6月

下面这段话，是我看大样时想到的。

重读这些我二十岁到七十岁发表的传说与故事，发现有的民间故事很精彩，有的小说、评书传说很珍贵，是研究古典小说和传统评书很有用的珍贵资料。

这些传说和故事，我这八十五岁老人，如今都忘了，记住的也残缺不全了。能出版这本书，才能使这些好故事流传出去。

其次，有些民间戏曲和民间曲艺，取材于民间传说，又高于民间传说，通过舞台表演，再回到民间，故事被流传得更广。本书中有些传说，是根据有关戏文、曲词编写和加工的，由此也可以看出说书唱戏与民间传说的密切关系。

最后，我要特别感谢为本书画插图的画家张书庆先生，他的插图为本书增彩，而且他不要一分钱报酬，这一点真是值得我们学习的。

耿瑛补记
2017年8月